a vida não é justa

a vida não é justa

andréa pachá

Edição comemorativa de dez anos

intrínseca

Copyright © 2012 by Andréa Maciel Pachá

Preparação
Kathia Ferreira

Revisão
Carolina Rodrigues
Elisa Menezes
Iuri Pavan

Capa, projeto gráfico e diagramação
Angelo Bottino
Fernanda Mello

Foto de capa
Pete Starman/Photographer's Choice RF | Getty Images

CIP-BRASIL. CATALOGAÇÃO NA PUBLICAÇÃO
SINDICATO NACIONAL DOS EDITORES DE LIVROS, RJ

P116v

    Pachá, Andréa, 1964–
        A vida não é justa / Andréa Pachá. – 1. ed. – Rio de Janeiro : Intrínseca, 2022.
224 p.

      ISBN 978-65-5560-397-2

      1. Crônicas brasileiros. I. Título.

22-80546   CDD: 869.8
                            CDU: 82-94(81)

Meire Gleice Rodrigues de Souza - Bibliotecária - CRB-7/6439

13/10/2022   19/10/2022

[2022]

Todos os direitos desta edição reservados à
Editora Intrínseca Ltda.
Rua Marquês de São Vicente, 99, 6º andar
22451-041 – Gávea
Rio de Janeiro – RJ
Tel./Fax: (21) 3206-7400
www.intrinseca.com.br

Para Léa e Miguel, minha mãe e meu pai, pela sorte de um amor que completa sessenta anos.

Para Kike, João e Marta, porque uma vida com amor é uma vida que vale a pena.

Sumário

APRESENTAÇÃO 9

Se eu pudesse esse amor todo dia 19
Ser feliz não é destino 26
Vazios na memória 32
A cremação de Narciso 37
Evasão de privacidade 41
Paternidade ostentação 47
O portal da insensatez 51
É assim no final? 60
Fala quem pode 64
Tem coisa que não se pergunta 68
Molhadinha25 72
O que os olhos não veem... 79
Quem cuida dele? 83
Era só o que faltava... 87
Sagrado é um samba de amor 91
Cale-se para sempre 95
Doença inventada não cura 101
Direito ao sonho 105

Nem tudo é verdade **109**
Quando o amor acaba em silêncio **113**
Mais valem dois pais na mão **119**
Casamento não é emprego **123**
Brincando de casinha **127**
Em nome do pai **130**
Poderoso é quem resolve **134**
Toma que o filho é teu! **137**
Sem padecer no paraíso **141**
Liberdade ainda que tardia **148**
Sem crime, sem castigo **152**
Mas eu amo aquele homem... **155**
Gabriel no Alemão **161**
As melhores intenções **165**
Ele amava Catarina **169**
Fiel todos os dias da vida **172**
Reconciliação **177**
Um dia de cada vez **182**
No meio do nada tinha uma história **188**
O enterro do filho de Édipo **192**
Mereça a moça que você tem **196**
Um não ama por dois **199**
Todo dia e nem sempre igual **204**
Papai Noel não existe **208**
Deixa o inverno passar **215**

A VIDA É RUIM, MAS É BOA *Alcione Araújo* **219**
AGRADECIMENTOS **222**

Apresentação

Não é fácil ser contemporânea das transformações. A ação do tempo e as mudanças da vida são, na maioria das vezes, imperceptíveis. Assim como o fim do amor, cujo momento não se consegue diagnosticar até que leve a rompimentos e rupturas. Também as trivialidades, os comportamentos, as modas e os costumes alteram a rotina e se instalam sem que sejam percebidos. Quando encaramos a deterioração, na estrutura da realidade, aparentemente inexplicável, é inevitável questionar: como chegamos até aqui?

Durante quase vinte anos, assisti, como uma espectadora privilegiada, às histórias de amores que chegavam ao fim. E foi desse lugar que acompanhei as transformações que emanciparam as mulheres, criaram redes de proteção para idosos, crianças e adolescentes, pessoas com deficiência. Como magistrada, contribuí na construção da jurisprudência que se alterava, na medida em que os ares democráticos circulavam pelo país.

A vida não é justa é resultado desse trabalho. Foram quase duas décadas presidindo milhares de audiências que envolviam divórcios, pensão alimentícia, guarda, partilha de bens. Foram quase vinte anos me emocionando profundamente. Não houve um dia, nesse período, sem que eu voltasse para casa angustiada com a impotência da Justiça quando o amor acabava. Também não houve um dia sem que eu me assombrasse com a sensação de desamparo daqueles que faziam projetos, sonhavam juntos, cuidavam uns dos outros, e se viam em um tribunal, exibindo as vísceras e vomitando fel.

Há dez anos, quando concluí os textos para publicação, eu não imaginava, nem em sonho, que as histórias, escritas como forma de tentar entender o amor quando ele chegava ao fim, pudessem também representar as mudanças sociais, políticas, econômicas e afetivas que alteravam profundamente a realidade no Brasil.

Eu poderia ter escrito artigos acadêmicos, teses jurídicas, para falar dos processos que envolviam os casais e as famílias. Escolhi contar histórias. Há lugares aonde apenas a potência da ficção é capaz de chegar.

Me interessavam mais as pessoas do que as formalidades dos códigos e das leis. Me inquietavam mais as expectativas daqueles que imaginavam que um juiz pudesse dar conta da devastação de um amor fracassado do que as sentenças e decisões que pouco solucionavam os impasses.

As personagens que inventei nasceram da vida, das tragédias, dos dramas e dos desejos de encontrar uma justiça que desse conta do desamparo causado por um amor que chegava ao fim.

Mesmo com a fragilidade das uniões, que não dependiam apenas da ordem e da lei, mas da liberdade e da escolha, os relacionamentos amorosos me comoviam. Ainda que os divórcios aumentassem, e os impactos das mudanças políticas, econômicas e sociais chegassem aos casais e às famílias, as rupturas, mesmo violentas, suscitavam um olhar de reconhecimento humano e de compreensão. Qualquer pessoa era capaz das maiores paixões, e das maiores ignomínias, em momentos de dor aguda.

Dez anos se passaram desde então. E a vida continua injusta. Hoje, cercados de sinais confusos e propensos a mudanças rápidas e imprevisíveis – como diagnosticou Bauman –, talvez tenha sido ferida de morte a nossa capacidade de amar. O sociólogo não se refere aos amantes e afetos, mas indica o quanto é prejudicada nossa capacidade de tratar um estranho, um outro com humanidade.

Até então, a grande transformação experimentada pelas famílias e pelo direito das famílias havia sido a inserção do afeto, do cuidado e do bem-estar como seus elementos estruturantes. Famílias patriarcais e autoritárias, cuja linguagem era o silêncio, se transformaram pelo uso da palavra e da comunicação amorosa. Tal fato, aliado ao reconhecimento de que a pluralidade deve ser respeitada, resultou na pactuação de novas possibilidades de convívio, para atender ao princípio da dignidade, consagrado na Constituição Federal.

No entanto, as modificações são contínuas. E é impossível ignorar a ação da sociedade de consumo e da linguagem, massificada pelo uso das redes sociais. Novos conflitos emergiram na década que passou e têm sido enfrentados não apenas nos tribunais, mas nos consultórios terapêuticos e psiquiátricos e nas mesas de mediação, a exigir permanente observação para atender adequadamente às mudanças.

Foi na década que passou que, movidos pela insatisfação de toda ordem, milhares de pessoas, na maioria jovens, foram às ruas. Bradavam por mais educação, transporte público, direito à voz, liberdade sexual, direito ao trabalho e ao lazer. Do acesso ao consumo ao direito à felicidade, costuraram uma pauta tão ampla quanto as promessas constitucionais que não chegaram à efetividade.

O impacto das transformações familiares e das crises de referências, especialmente de referências de limites e autoridade, pôde ser percebido pelo aparente caótico movimento que emergia e se impunha. Novas demandas, outrora privadas, invadiam o espaço público e exigiam novos pactos sociais.

No entanto, a fragmentação das relações pessoais e a linguagem das redes sociais inauguraram um novo fenômeno, de consequências imprevisíveis. Direito à felicidade passou de categoria de direito fundamental a projeto subjetivo de prazer. O narcisismo crescente se interpôs nas relações humanas e fraternas. Novos valores começaram a desafiar a Justiça, e o meu olhar, que insiste na linguagem do afeto.

A felicidade, que inicialmente alavancou mudanças significativas e que poderia ser associada ao bem-estar, aos valores de ética, solidariedade e humanidade que até aqui alicerçavam nossos ideais, passa a ser uma imposição. Não há consumidor infeliz.

Como saber se somos felizes e o que precisamos para encontrar a felicidade, nesse cenário nublado que impõe a felicidade como obrigação, dever, e não como direito?

É por meio da linguagem que nos relacionamos, classificamos, nomeamos e identificamos o outro. É a linguagem que demarca as diferenças no processo de alteridade. É pela diferença entre o eu e o outro que representações sociais, culturais e simbólicas se relacionam aos diversos modos de olhar e de representar. E, de uma hora para outra, fomos submetidos a uma linguagem rasa, pobre, binária e incompatível com a complexidade da nossa condição humana.

Em um ambiente em que todos são perfeitos, têm opiniões definitivas, sabem tudo, julgam a todos, convivem em bolhas que fortalecem as certezas e reúnem diante de um mesmo espelho aqueles que são iguais, o outro é facilmente ignorado, submetido ao silenciamento e ao linchamento. É um ambiente ideal para que o narcisismo das pequenas diferenças a que Freud se referiu ganhe musculatura. Um narcisismo coletivo que exibe a obsessão de alguns em idolatrarem a si próprios, negando as diferenças.

E é nesse cenário, diante dessas bolhas narcísicas que fulminam a alteridade, e onde as diferenças são vivenciadas como uma ofensa ao "eu", que os conflitos familiares são gestados e levados ao Estado para solução. Narciso contemporâneo ainda não morreu afogado ou de inanição, e tem nos desafiado e nos contaminado com o ódio que é, em última análise, a ausência da linguagem. O reflexo desse comportamento irracional e idealizado tem causado dor não apenas no ambiente virtual.

Transbordando daquele espaço, se transforma em processos nas Varas de Família, criando conflitos fabricados, que utilizam o

Judiciário de forma disfuncional, ignorando, na maioria das vezes, o melhor interesse das crianças, das mulheres, dos mais vulneráveis, e com frequência violando a dignidade, princípio igualmente constitucional.

E não foi apenas uma década turbulenta em razão das transformações. A pandemia de Covid-19, tragédia que deveria ter nos irmanado em humanidade, fez muitos estragos. Alguns físicos, concretos, definitivos. Outros sutis e devastadores. Subtraiu a vontade de rir, de brincar, de fazer planos, mesmo aqueles só idealizados que jamais se realizariam, mas que alimentavam a alma.

O silêncio da segunda quinzena de março de 2020 era envolto em muitas metáforas, mas o sentimento mais concreto era o medo. Medo da morte. Medo da solidão. Medo de tossir. Medo de abraçar. Medo de não poder segurar a mão da mãe no hospital. Medo de não poder sepultar o pai e a mãe. Medo do filho partir. Medo de não reencontrar os amores. Medo de comer. Medo. Medo infantil, daqueles que vinham com os pesadelos e só eram estancados com a luz acesa e a chegada da mãe no quarto. Mas não tinha mãe. Nem pai. Nem avó, nem avô. Era a primeira experiência mundial e coletiva na qual os mais velhos não sabiam o que dizer aos mais jovens.

O silêncio grave garantia a estabilidade possível. Todos tínhamos medo. Todos precisávamos fingir que estava tudo bem. Que também aquele momento iria passar, como tantos outros. Não havia refúgio no passado. Não havia perspectiva de presente. Não havia projeto para o futuro.

É uma violência perder o espaço do sonho, do desejo, do amor abstrato. Ninguém aguenta mais tanta tristeza e tantas notícias ruins. No entanto, fingir que elas não existem não as fará desaparecer. A experiência que vivemos de assombro, de medo e de percepção da nossa finitude, com a morte presente diariamente nas nossas vidas, foi uma experiência definitiva. Nós, entre aqueles que não perderam a capacidade humana de se emocionar, jamais seremos os mesmos a partir da pandemia, a menos que tenhamos perdido a humanidade.

Quase uma década depois, e sofrendo os retrocessos do autoritarismo e dos preconceitos, forjados em espaços antes inexistentes, aqui estamos, mais do que nunca precisando formular a pergunta essencial: a linguagem do afeto, o reconhecimento de tantos direitos, a promulgação de tantas leis, têm nos transformado em seres humanos melhores? Estamos usando a rede de proteção como afirmação da felicidade ou como ferramenta de satisfação e prazer, para aplacar o desejo narcísico de nada enxergar senão o espelho?

Escolhi, então, incluir novas histórias desse tempo recente. Histórias tristes, de perplexidade e de lutos. Muitas delas sem resposta. Escolhi, também, dar voz às mulheres, grupo que mais sofreu e tem sofrido com a escalada do ódio e da misoginia. Mesmo nesse cenário devastador, a nossa sobrevivência tem sido uma afirmação à vida.

Tanto as mudanças boas quanto as ruins, tanto as transformações humanas quanto às pós-humanas vieram para ficar. A fragmentação e a fragilidade das relações afetivas, em um país tão desigual quanto o Brasil, é uma realidade sem retorno. Daí porque é importante olhar para a realidade com coragem e curiosidade, evitando que os faróis se voltem para o passado e não projetem o futuro.

E, como um antídoto potente para o ódio, registro um símbolo de afirmação do amor e da humanidade. Um texto do meu João para Marta. Dois jovens, que aos 27 anos, crescidos nesse mundo aparentemente caótico, decidiram compartilhar a vida, os desejos e os sonhos. Ao afirmar, publicamente, os seus votos, em espanhol, para a mulher catalã, João nos ensina que, mesmo injusta, a vida, o amor e os desejos são uma experiência forte e luminosa. Em uma tradução livre, disse ele:

Por que as pessoas se casam? Por que nós nos casamos? Há quase um ano fazemos essas perguntas e há quase um ano temos as mesmas respostas: pela festa, pelos documentos e para prover um ambiente familiar estável para os nossos gatos. Sem dúvida, também nos casamos por isso, mas, por trás dessas brincadeiras, havia algo mais sério, mais profundo, que nem eu, nem você queríamos dizer em voz alta, em uma mesa de bar. Pois bem. Agora, cercados de amigos tão queridos, sinto que finalmente é o momento ideal para dizer o verdadeiro motivo disso tudo. São muitas as razões, mas escrevi, para não esquecer nenhuma.

A primeira, e talvez a mais óbvia, é que nos casamos por amor. Mas não pelo amor ideal. Não pelo amor de "felizes para sempre" dos péssimos filmes de Hollywood ou do Instagram. Nós sabemos muito bem que esse amor é somente uma fonte de frustrações e expectativas irreais. Nos casamos, isso sim, por um amor que nasceu em um dia de verão no Rio. Um amor suado, cheio de areia, sal, samba e caipirinhas. Nos casamos porque esse amor, diferentemente daquele de Hollywood, existe. Porque é tão tangível e real que é possível vê-lo e tocá-lo. E é exatamente o que fazemos há pouco mais de cinco anos.

Aceitamos as contradições desse amor humano e concreto, em troca de poder senti-lo na nossa pele. Aceitamos suas surpresas e imperfeições, em troca da segurança de que nosso amor, hoje, existe. Um amor terno, discreto, intenso, simples e real. É por esse amor que, hoje, nos casamos.

A segunda é que casamos porque casar é um ato político. Mais do que reafirmar nossos votos de afeto e cuidado, nos casamos porque essa é a nossa maneira de dizer ao mundo que uma vida com amor é uma vida que vale a pena. É nossa forma de dizer que, onde há amor, há um compromisso firme com a humanidade, a igualdade e com o futuro. Quem ama reconhece suas próprias imperfeições e contradições, mas ao mesmo tempo sabe que lutar para melhorar é um imperativo, não uma opção. Em tempos de ódio generalizado, de guerras, de autoritarismo, amar é um ato revolucionário. E por isso também nos casamos. Para que o nosso amor seja precursor de uma *revolução silenciosa. Para que nosso amor nos faça melhores e inspire as pessoas que nos cercam a melhorar também.*

Em terceiro lugar, casamos porque sabemos que o amor, assim como a utopia, não é um ponto de chegada, mas um caminho, um motivo para caminhar. E esse casamento é exatamente isso: um passo em direção a esse amor e a esse projeto. Um pequeno passo que, espero, será uma interminável jornada de autoconhecimento, autocompreensão e automelhora ao teu lado. Esse casamento é a afirmação de que sabemos que nunca chegaremos ao nosso destino, mas que nunca deixaremos de desejar caminhar até ele.

Em quarto e último lugar, nos casamos porque temos sorte. Quando penso em todas as pequenas e grandes decisões que tomamos para estar aqui, hoje, cada vez mais me dou conta de que não tomamos decisão nenhuma. Um dia, Gustavo me chama para subir uma montanha, no Rio. Vou e conheço Pedro Santos. Convido Pedro para uma cerveja depois da aula, e Pedro me convida para dentro da sua vida. E me apresenta um mundo novo, de cultura, detalhes e delicadeza. E, como se não fosse suficiente, me apresenta a você. Cada microdecisão, cada palavra trocada, cada pequena ação involuntária ao longo desse período nos trouxeram aqui, hoje. É o que dizia Woody Allen: "A gente tem medo de reconhecer que grande parte da vida depende da sorte. Assusta pensar quantas coisas fogem ao nosso controle." Hoje, não me assusto nem tenho medo. Agradeço à sorte, a Deus ou como queiram chamar. Agradeço por ter chegado até aqui e peço, se é que se pode pedir alguma coisa, que também tenhamos a sorte de envelhecer juntos, assim como envelheceram meus avós e os seus. Quero ter a sorte de viver mais cinquenta anos, para que possa despertar, velho, ao teu lado. Te abraçar, olhar nossos cabelos brancos, e acordar para uma bela vida que, oxalá, tenhamos vivido.

Nos casamos, Marta, por isso. Pela esperança de ter sorte, e para agradecer a sorte que tivemos até aqui. Te amo.

Assim como Clarice, em *Água viva,* também eu "sei bem o que quero aqui: quero o inconcluso. Quero a profunda desordem orgânica que, no entanto, dá a pressentir uma ordem subjacente. Quero a experiência de uma falta em construção".

Dez anos depois, a vida não é justa. E, ainda assim, é a vida.

Se eu pudesse esse amor todo dia

Não foi uma escolha fácil empacotar cinquenta anos de vida e se mudar para o Rio de Janeiro, para viver com Isolda. Não fosse a distância imposta pelo exílio e os longos anos de espera, é possível que Anna jamais tivesse tomado tal decisão. A anistia anunciava novos tempos e novas esperanças. Eram mulheres independentes, revolucionárias. O armário que as aprisionou por quase duas décadas não combinava com o futuro que se anunciava.

Elas se conheceram ainda em Belo Horizonte, no curso normal. A intimidade e o amor que compartilhavam foi um segredo. Uma vergonha bem guardada, como costumava dizer ironicamente Anna, quando já não mais se submetia aos preconceitos e aos controles familiares.

O que para muitas mulheres era uma crise anunciada – chegar ao meio século – para Anna foi a libertação. Sob os protestos e o preconceito dos sobrinhos e tios, mudou-se para o apartamento de Copacabana, para viver em outro estado. Não identificava se a reação da tradicional família mineira era resultado da ignorância, que odeia sem pudor, ou do ressentimento, pela privação do balneário, destino preferencial dos agregados, nos verões iluminados com vista para o mar.

A condição econômica equilibrada e a escolha de não ter tido filhos faziam de Anna uma mulher materialmente independente e sustentável.

Em Copacabana, viveram juntas por mais de trinta anos. A distância dos familiares mineiros era suprida pela acolhida calorosa, nas mesas dos domingos, na casa do irmão de Isolda. Nenhum patrimônio foi adquirido nessas três décadas em que publicamente se apresentavam como amigas da juventude, que compartilhavam a mesma casa, o que, para todos, parecia muito natural.

Pouco se falava, no final dos anos 1980, sobre uniões homoafetivas. Ainda era um amor sem nome, o que dificultava as conversas sobre obrigações e deveres. Cada qual com seu plano de saúde. Cada uma com seu contracheque. Anna, mais rica que Isolda, sempre responsável pela manutenção da casa, pelas viagens, que eram muitas. Depois do nascimento das duas sobrinhas da companheira, foi ela quem assumiu, com a generosidade de uma tia, os encargos financeiros da escola até a universidade das crianças.

Foi dela também a ideia de que as meninas, já universitárias, se mudassem para um apartamento pequeno que lhe pertencia e que se encontrava vazio, na Urca.

Com o tempo, o passado opressivo e a rejeição da família genética não mais a incomodavam. E, como nos acostumamos com o fluxo tranquilo da vida, como se as intempéries não fizessem parte dessa mesma realidade, também Anna e Isolda passaram mais de trinta anos compartilhando o cotidiano e o afeto, como se o futuro feliz fosse um destino óbvio e natural.

A primeira preocupação veio com o primeiro esquecimento. Ambas com mais de oitenta anos, era normal que vez ou outra deixassem de lembrar os nomes das cidades, das ruas ou dos muitos filmes a que assistiram juntas. Mas se esquecer do aniversário, além de inédito, acendeu a luz vermelha, que Isolda se recusava a enxergar.

A sobrinha mais jovem, agora com 25 anos, era uma advogada competente e recém-formada. Era também a confidente de Isolda, para quem ela revelou seus temores com o fantasma misterioso de uma provável doença, que se interpunha entre ela e Anna.

Com Anna diagnosticada com Alzheimer, Isolda viu seu amor, dia a dia, se distanciando do seu presente e se descolando do passado, condenando-a à guardiã solitária das memórias de um tempo em que compartilharam a existência. "Chega perto, vem sem medo", música repetida pela insistente Isolda, na voz de Tom Jobim, não fazia mais sentido para Anna, cujo olhar se fixava em um ponto distante e inacessível.

Alertada por Renata, a sobrinha, Isolda pretendia ajuizar uma ação para o reconhecimento da união homoafetiva. As urgências da vida deixavam para o dia seguinte a burocracia pela procura dos papéis e documentos, necessários para o processo. Além do mais, a urgência eram as demandas concretas de Anna, e nem mesmo uma curatela ou procuração foi necessária. Isolda tinha acesso a todos os cartões e senhas da companheira, o que lhe permitiu seguir a vida, sem qualquer preocupação que não fosse a saúde, não só de Anna, mas a própria, que também começava a falhar. Caminharam juntas para a velhice, e a experiência das restrições e limitações, embora raras e previsíveis com o passar do tempo, exigia adaptação, nem sempre fácil, especialmente porque sempre foram donas dos próprios desejos e autônomas na busca por soluções.

A primeira internação de Anna não foi um problema. O médico, amigo de ambas, conhecia a relação afetiva, e nenhuma restrição lhe foi imposta para permanecer no hospital, como acompanhante da mulher.

Mas, além do Alzheimer, o tempo agia sobre as duas parceiras, e o declínio da saúde, decorrente do envelhecimento, era inevitável. Quase um ano de avanço da doença de Anna, e o cotidiano já havia incorporado os problemas. Impressiona a capacidade de assimilar as restrições do dia a dia, e deixar que a vida siga seu rumo, apesar de...

Renata, sempre que se encontrava com a tia, voltava ao assunto da união estável e tentava fazê-la compreender a necessidade de um planejamento sucessório, caso uma das duas viesse a faltar.

Isolda, quer por defesa, quer por medo de enfrentar a realidade, escapava e parecia mesmo não se preocupar com o adiante. Viver ao lado da mulher que amava e vê-la esquecendo todos os dias era uma morte antes da morte. Um luto que só não se tornou crônico pelo afeto da família, que não a deixava sozinha um dia sequer.

Em pouco tempo, a casa, espaço íntimo e permitido apenas aos muito próximos, virou uma terra de ninguém. Entre cuidadores, fonoaudiólogos, fisioterapeutas e enfermeiros, o rodízio era interminável. Quando Isolda ameaçava alguma reação mais aborrecida, pensava na sorte de ambas por terem acesso a tantos cuidados, sem dependerem de ninguém. Uma ironia da vida, que fazia com que a dolorosa experiência se transformasse em privilégio. A desigualdade causa paradoxos inacreditáveis.

O que parecia ser um destino longo e triste até a despedida foi abreviado pelo confinamento causado pela pandemia. Agora, Anna e Isolda não eram apenas assombradas pela idade e pelo esquecimento. Eram vítimas potenciais de um vírus, que as isolou das meninas e do carinho que as mantinha emocionalmente amparadas. Falavam-se pelas câmeras, e pelas câmeras os cuidadores eram rigorosamente orientados sobre as prevenções embebidas em álcool em gel.

Embora Anna tivesse sido contaminada, a doença não se manifestou. Isolda, ao contrário, precisou ser internada, quando a respiração, de uma hora para outra, a fez desmaiar.

Com o acesso interdito ao hospital, e encaminhada diretamente à unidade de terapia intensiva, Isolda não participou das decisões existenciais do próprio fim, não se despediu de Anna e mal teve garantido o acesso a seus documentos pessoais, para que Renata registrasse o óbito e pedisse autorização para a cremação.

Enquanto Isolda respirava por aparelhos, os sobrinhos de Anna, de quem elas nunca mais ouviram falar, entraram na casa da tia, desconectada e alheia ao mundo, assumiram o comando dos cuidadores e, com um termo de curatela em punho, trazido de Belo Horizonte, a transferiram para uma confortável casa de longa permanência, próxima à capital mineira.

A ordem judicial para ingressar no imóvel em que viveram – e ter acesso aos pertences pessoais de Isolda – foi garantida no plantão judicial. A história foi contada por uma sobrinha indignada, que avaliava se deveria ajuizar uma ação para que a união fosse reconhecida depois da morte. Desistiu quando constatou que, na falta de testamento, e tendo Isolda partido antes de Anna, o seu único imóvel na região serrana seria herdado pela companheira e, por consequência, usufruído pelos sobrinhos, cujo único vínculo era sanguíneo.

Não é agradável falar da morte. No entanto, a procrastinação no planejamento do futuro as levou à injustiça no momento derradeiro. Imaginei que nada poderia ser mais ofensivo à dignidade da experiência amorosa vivida pelas duas do que a família usurpando o patrimônio construído como um valor simbólico da vida.

Embora tudo parecesse fútil e sem sentido, especialmente naquele junho de 2020, não consegui enxergar Anna e Isolda como números nas estatísticas que normalizavam a morte. A falta de planejamento atingia a todos, notadamente depois da experiência da pandemia. No caso dos relacionamentos homoafetivos, os impactos eram e são mais perversos, e proporcionais à intolerância e ao preconceito.

Anna e Isolda mereciam uma despedida melhor.

MARIA CATARINA, 34 anos

Natália e eu não nos preocupamos com nada. Nós já estávamos juntas há quase três anos, e a Naty queria ter um filho de qualquer jeito. Eu nunca quis ser mãe, mas queria muito que ela realizasse aquele desejo. Quando ela pediu, acabei topando, mesmo achando que podia não ser uma boa pra nossa vida.

Quando começamos a procurar inseminação artificial, foi um susto. Não tinha ideia do preço. Era um absurdo, estava muito além do valor que a gente tinha reservado. Fui pedir ajuda para minha mãe, e ela fez um discurso político de consciência social. Disse que tinha milhares de crianças em abrigos, que ninguém era menos mãe porque adotava um filho. Pra ela era fácil ficar cagando regra. Engravidou sem querer, sabia o que era ser mãe. Acabamos brigando. Ela disse que eu era muito mimada e que precisava amadurecer e crescer antes de tomar uma decisão tão definitiva. Um saco ter uma mãe que se acha o máximo e vive criticando tudo o que a gente faz.

Mas a Naty queria muito. E eu queria muito a Naty. Uma inseminação caseira era o melhor caminho. Tínhamos um amigo que parecia muito gente boa. Todas as vezes que falávamos no assunto, ele, meio que brincando, dizia que estava disponível.

Foi bem estranho o dia em que ele passou lá em casa para doar o sêmen. Antes, nós fomos bem objetivas. O filho era nosso. Ele nunca ia contar que era o doador. Ele topou. Não funcionou na primeira vez, mas ela estava obstinada. Três tentativas depois, ela engravidou.

Nós estranhamos quando o Marcos começou a aparecer lá em casa sem avisar. Uma vez, cheguei no meio da tarde e encontrei ele lá, acariciando a barriga da Natália. Por mais que ele dissesse que tinha entendido o papel dele nessa história, era visível que ia dar confusão.

Não deu outra. Quanto Betânia nasceu, não quiseram colocar o nome de nós duas na declaração de nascido vivo. Explicaram que tinha que apresentar uma declaração, com firma reconhecida do diretor da clínica de reprodução. Não adiantou nada a gente dizer que a filha era nossa.

Agora, entramos na Justiça e estamos esperando a juíza decidir. Vimos que no Paraná já tem uma decisão garantindo o registro. Mas o pior é que o Marcos agora contratou um advogado e quer o nome dele na certidão também. Eu sabia que não podia confiar em homem.

Minha mãe, que fez tanto jogo duro pra ajudar a pagar uma inseminação, agora tá apaixonada pela neta e ficou puta com o comportamento do Marcos. Acha que ele é um oportunista, sem ética e sem palavra. Resolveu contratar o melhor advogado que ela conhece.

Claro que a gente precisa dessa força. A grana continua curta. Mas, se ela tivesse sido um pouco menos egoísta e ajudado quando a gente pediu, ela teria gastado menos dinheiro e energia do que está gastando agora. O discurso dela só serviu pra dar mais trabalho. Que saco!

Ser feliz não é destino

Será que algum dia eu voltaria a me emocionar com a tristeza do fim de uma relação? Era a quarta audiência da tarde, e a minha vontade era sumir daquela sala. Em vinte anos como juíza em uma Vara de Família, não houve um dia sequer em que eu voltasse para casa sem me impactar com a devastação causada pelos amores que chegavam ao fim. Mesmo as histórias mais banais eram densas e reveladoras da nossa incapacidade de lidar com a impermanência dos encontros afetivos. Passava os dias tentando, nem sempre com sucesso, interferir na medida das minhas possibilidades, para que os danos fossem reduzidos, ao menos nas questões objetivas que orbitavam em torno dos divórcios e rupturas. Agora, designada para substituir uma colega, que estava de licença médica, eu me sentia inútil, até inadequada, olhando para os casais que ali transitavam, sem conseguir estabelecer com eles qualquer empatia.

O primeiro casal litigava porque, depois de oito meses de união, não conseguia se organizar e dividir os presentes ganhos no casamento. Era o único patrimônio. Era a única fonte de conflito. Com pouco mais de trinta anos de idade, e de uma festa que rendeu fotografias incríveis de felicidade eterna, não entendiam como chegaram ao altar, mas tinham certeza de que as pratas, cristais e porcelanas poderiam render alguma coisa no Mercado Livre. Ambos se ofenderam quando sugeri que devolvessem os presentes aos convidados, com um cartão de agradecimento. Não pareciam tristes, nem angustiados ou passionais. Foi um negócio fracassado, como tantos os que começaram e encerraram, no curto tempo de vida. Era assim que experimentavam o fim.

O segundo casal repetia uma demanda que, quando julguei na primeira vez, uns doze anos antes, era inédita e inusitada, mas que, como previsível, passou a abarrotar o judiciário, de forma crescente e cada vez mais insana. Passados cinco anos do divórcio, Hélio e Joana ainda tinham fôlego para, mês sim, mês também, submeterem os dois filhos à dura rotina de um tribunal. Dessa vez, divergiam sobre as atividades extracurriculares e esperavam que eu escolhesse se as crianças estudariam francês ou praticariam tênis. Também ali não havia resquício de um amor que se acabou, mas um voluntarismo infantil, de dois jovens adultos, que pouco se preocupavam com o cuidado dos meninos, mas que escolhiam viver um duelo permanente, como exercício de um poder que parecia dar sentido à vida medíocre que escolheram viver.

Na terceira audiência, um homem e uma mulher já mais vividos alimentaram a expectativa de que finalmente a densidade amorosa voltaria ao meu cotidiano profissional. Imaginei que conflitos, no outono da existência, pudessem ser mais intensos ou passionais. Engano. Não era uma questão de idade. A liquidez e a fragmentação das relações não respeitavam nenhuma faixa etária. Todos eram tragados para o utilitarismo e para a transformação do outro, não mais em objeto de desejo, mas em ferramenta de uso conveniente. Laís, aos 67 anos e depois de alguns casamentos, escolheu viver com Ivan, que enviuvara havia pouco mais de um ano. Poderia ter sido um encontro para a velhice que se anunciava. Poderia ter sido um amor nascido do interesse pelas coisas comuns da vida. Poderia ter sido uma alternativa à solidão. Nenhuma das hipóteses se revelava no momento da separação, apenas sete meses depois do casamento realizado em um cartório próximo da casa alugada dela, para onde ele se mudara.

A única pretensão de Laís era que Ivan continuasse pagando o aluguel do imóvel que ele já havia deixado, e que a mantivesse no plano de saúde da empresa, no qual ela fora incluída no semestre que passou. Não demonstravam afeto, desejo de acertar os ponteiros. Ela se julgava no direito de perpetuar a breve segurança patrimonial, porque entendia que não podia se sustentar. A mesma pretensão havia sido considerada diante do último companheiro, com quem vivera dois anos e meio. Ele também não aparentava ódio, ressentimento ou indignação. Apenas suspirava e bufava, para que todos percebêssemos a perda de tempo com a designação de um ato processual desnecessário. Eram idosos. Tinham suas vidas. Acharam que podia funcionar, mas não funcionou. Ponto final. Seguimos adiante.

O mundo e as relações mudavam sem que eu tivesse tempo para compreender e para me adaptar. A sensação que tinha era a de que, nos dez anos que se passaram entre a minha saída da Vara de Família e aquela tarde, eu tivesse perdido a capacidade de me perceber como parte da mudança. Isso era grave. Um dos maiores temores que tinha, e ainda tenho, é viver com os pés fincados no passado, como se, em algum momento da vida ou da história, já tivéssemos experimentado a perfeição na convivência e nos afetos.

Foi, portanto, me esforçando muito que deixei Valentina falar sobre o seu problema, que para mim, até ali, se mostrava inacreditavelmente irrelevante. Aos 29 anos, com duas faculdades interrompidas para cuidar do filho, ela tentava convencer Antônio Pedro a continuar pagando todas as despesas da casa.

Confesso que eu havia iniciado mal a abordagem. Como uma menina, começando a vida, implorava a um homem que a sustentasse, mesmo depois do fim de um breve casamento? Com que direito ela jogava no lixo as lutas feministas, que eu entendia justas e necessárias, se submetendo patrimonialmente a alguém que a rejeitava e que, inclusive, já estava vivendo outra relação?

Além de bem articulada, Valentina, filha única, era linda. Bem-vestida, bem cuidada, era perceptível que integrava a parte privilegiada da sociedade, que até ali não precisara suar para ganhar o pão. Quando começaram a namorar, ela estava com pouco mais de dezenove anos. Ele, aos 38, era um empresário solteiro, disposto a se dedicar a um projeto de estabilidade conjugal. Os pais dela tinham se divorciado havia pouco mais de um ano, e a mãe já se preparava para viver em Miami com o novo companheiro, deixando a filha, contrariada, prestes a se mudar para a casa da nova família do pai.

Não se pode dizer que o encontro com Antônio Pedro foi uma paixão. Ele a mimava e a exibia como um troféu, satisfazendo todas as suas vontades e antecipando-se aos desejos dela, nos projetos de decoração da casa nova, viagens e compromissos sociais. Acolhida emocionalmente em um ambiente que considerava seguro, para ela foi menos difícil vivenciar a ruptura dos seus pais ou sentir-se descartada com as mudanças para as quais quase nunca era ouvida.

Oito anos e um bebê de oito meses depois, o comportamento infantil de Valentina deixou de ser um charme e virou um pesadelo para o marido, que não se cansava de desqualificá-la, especialmente na frente dos amigos e das babás, que se revezavam inclusive nos fins de semana e feriados. Ele saiu de casa e havia quase dois anos tentava, sem sucesso, que ela assinasse um acordo de pensão alimentícia para o filho do casal, e que deixasse o apartamento que era dele e para onde ele pretendia voltar, na companhia da nova mulher.

Ela se recusava a aceitar qualquer acordo que mudasse uma vírgula a situação em que se encontravam. Nenhum problema com o divórcio. Só não admitia perder um milímetro da segurança que conquistara. Me assustava a ociosidade da vida da garota. Não estudava, não trabalhava, não tinha qualquer projeto ou desejo para o futuro.

Ao longo da audiência, o impaciente Antônio Pedro reagia com pena quando confrontado com o vazio da vida da mulher, com quem convivera por quase uma década e de quem nada sabia, exceto que ela não conseguia contar com a ajuda ou o apoio do pai ou da mãe, aparentemente mais distantes que o ex-marido.

O que eu havia identificado como voluntarismo ou infantilidade era um estado de torpor, causado por uma depressão geracional, de uma menina que cresceu sem direito a enfrentar a complexidade da vida e que foi desprovida dos próprios desejos, como se fosse um objeto: inicialmente dos pais, com quem ela pouco se relacionava, e depois do marido, que de forma conveniente a acolheu como um bichinho de estimação.

Ela tremia e se descontrolava a qualquer abordagem de organização material. Não se imaginava responsável nem por ela própria, quanto mais pelo filho. As sugestões que eu fazia de mudanças, projetos, trabalhos e relacionamentos futuros esbarravam na depressão crônica, não diagnosticada, mas visivelmente presente, a exigir intervenção clínica.

Eu olhava para o vazio no olho da moça e tentava encontrar um canal para que ela se percebesse no melhor momento da existência, para que ela se agarrasse aos privilégios que ostentava, apta para fazer qualquer escolha e beber a vida que se anunciava em abundância.

Na minha audiência seguinte, metade de um salário mínimo seria recebido como um luxo por uma mãe que sustentava os dois filhos, longe da presença do pai. Pensei em convidar Valentina para ficar na sala. Quem sabe o confronto com a realidade a conectasse com a vida? Entendi, no entanto, que estava fazendo aquilo que mais criticava: julgando moralmente as escolhas e os comportamentos da menina. Minha lente ideológica e valorativa seria um empecilho para qualquer solução. Valentina era fruto do seu tempo e da sua realidade. Embora intimamente eu desprezasse aqueles problemas, no meu sentir, inexistentes, também ali era necessário o exercício da alteridade.

Era visível a fluidez das relações amorosas e a baixa densidade dos vínculos emocionais. A velocidade do mundo, a potencialização da linguagem virtual, a deterioração planetária impactavam no cotidiano íntimo e privado e não poupavam nem Valentina, a menina rica que não sabia o que desejar. Para Camus, a pobreza impedia a felicidade. Ele dizia que ser feliz, para os bem-nascidos, era um destino. No entanto, a felicidade para aquela moça não se traduzia em um projeto de vida, mas de saciedade, que aprofundava o desamparo e levava à imobilidade.

Apontei um leque de opções para Valentina. De cinema a poesia, passando pela conclusão do curso de psicologia, viagens e mudança de bairro. O acordo foi formalizado quando Antônio Pedro concordou em pagar o curso de música que ela também interrompera. Materialmente ela não teria dificuldades. Todas as despesas do filho continuariam sendo pagas por ele. Para a mudança de casa, era melhor que ela escolhesse o lugar e aprendesse a lidar com os limites da pensão, a ser paga pelos dois anos seguintes.

Eram os dois profundamente diferentes de mim, distantes do meu mundo e da minha realidade. Entretanto, depois de terminada a audiência, pedi que ela esperasse. Dei um abraço na menina, que não conseguia reagir à aproximação física. Sugeri que ela procurasse um auxílio médico e terapêutico. E desejei que ela encontrasse motivos para desejar.

Não sei se concordo com as conclusões de Camus. Nem sei se a felicidade é um destino. Só não consigo imaginar uma vida que faça sentido sem o desejo de ser feliz. O que quer que signifique a felicidade...

Vazios na memória

– Agora a Bia tem catorze anos, doutora. Quem me devolve esse tempo? A senhora sabe o que é passar a vida se defendendo de uma coisa que você nunca fez? Até de abusador eu fui acusado. Se não fosse o amor que eu sinto pela minha filha e a preocupação que eu tinha de deixar ela com aquela louca, eu largava pra lá. Faz nove anos que eu venho aqui nesse fórum quase todo mês. Passei dois anos, de um lado pro outro, atrás de detetive, polícia, sem nem saber se ela estava viva ou morta.

– Agora terminou, Maurílio. Sua filha está bem. Já foi ouvida. Os laudos estão concluídos. Ela quer e vai morar com você. Espero que seja a última vez que vocês precisem vir aqui.

Eu falava tranquilamente, tentando contemporizar, para não deixar qualquer gatilho que o levasse ao desespero e a alguma reação mais exaltada. Mônica não havia comparecido à audiência. Apenas o advogado dela estava presente.

Maurílio, um fotógrafo, viúvo e pai de dois filhos adolescentes, não acreditava que o pesadelo havia chegado ao fim. Casou-se com Mônica, corretora de imóveis, que havia conseguido o apartamento que ele comprara. Viveram um breve relacionamento. Tempo suficiente para que ela imaginasse que finalmente exerceria o papel de mãe, um desejo acalentado e nunca realizado. Com quase 38 anos, adotando a família dele como seu núcleo familiar, já havia perdido a esperança de engravidar, quando foi surpreendida pela gestação, que poderia ter sido mais tranquila, não fosse a ansiedade e os medos que impactavam na pressão arterial, transformando o parto, que seria natural, em um procedimento de risco.

A doce e generosa Mônica não parecia a mesma desde o nascimento da filha, tornando-se insegura, tensa, irritada. Os primeiros cinco anos de Bia foram também os anos de distanciamento do casal. Mônica não permitia que ninguém auxiliasse nos cuidados com a criança. Estressava-se e reagia, até de modo agressivo, a qualquer crítica ou sugestão que dissesse respeito ao bebê. Os filhos de Maurílio se mudaram para a casa da avó paterna. Não aguentavam mais viver no conturbado ambiente doméstico.

– Não sei se ela era outra pessoa ou se era assim mesmo na época do casamento. Quando a gente quer muito acertar as coisas, às vezes, esconde a realidade da gente mesmo, só pra não estragar os planos...

Se era ou não preexistente o desequilíbrio, pouco importava. Maurílio, se sentindo descartável depois da gravidez, e não suportando mais ser maltratado, pediu o divórcio. A filha, aos cinco anos, ficou com a mãe, e ele poderia visitá-la em fins de semana alternados, buscando-a na escola às quintas-feiras e entregando-a lá mesmo nas segundas-feiras. Eram tempos de pai "visitador". Como se fosse lógico e indiscutível que a guarda ficasse com a mãe, arranjo que se adequava, e até mesmo hoje se adéqua, à realidade social.

Infelizmente ainda são poucos os pais como Maurílio, conscientes dos seus papéis e dispostos a exercer a paternidade integralmente. Na maioria dos casos, são as mães que precisam ir à Justiça, implorar por uma pensão para viabilizar a sobrevivência digna dos filhos. Isso quando conseguem localizar os pais. Em uma estatística inexistente, não se consegue nem mesmo contabilizar quantas milhões de crianças são registradas apenas com o nome da mãe na certidão de nascimento.

Mas os problemas começaram já na primeira semana. Bia estava resfriada, e a mãe achou melhor suspender a visita. O mesmo aconteceu pouco mais de um mês depois. A desculpa, dessa vez, era uma festa de aniversário de uma coleguinha da escola, que ela não podia faltar. Sem falar nas vezes em que a convivência com o pai era bruscamente interrompida quando, depois de insistentes telefonemas, Mônica aparecia de surpresa na casa de Maurílio, chantageando e manipulando a menina, até que ela não parasse de chorar enquanto não voltasse para casa na companhia da mãe.

As dificuldades eram de tal ordem que, passados quase quatro anos, Bia ainda não dormira na casa do pai, nem passara a metade das férias com ele, conforme estipulado no acordo.

Cansado do comportamento da ex-mulher e percebendo que, aos poucos, a filha se distanciava dele e dos irmãos, Maurílio passou a exigir o cumprimento do pacto. Querendo ou não, Bia seria obrigada a conviver com eles. Mas não era simples o cumprimento da obrigação. Foram duas as vezes em que ele precisou pedir no plantão judicial autorização para visitar a filha. Em ações de busca e apreensão, cujo nome já dá a dimensão da violência contra a criança, um oficial de justiça, com uso da força, entrega a criança para que ela possa conviver com o pai.

Em ambas as vezes, passadas poucas horas do reencontro e, vencido o pânico com a violência da medida, a menina parecia confortável no ambiente paterno. Uma das vezes, já com pouco mais de oito anos, Bia até implorou ao pai para não contar à mãe como se divertiram naqueles dias de férias.

Ele sofria. Bia sofria. Não era possível a perpetuação da convivência garantida na marra. A menina, embora desejasse o convívio com o pai, era submetida emocionalmente à mãe, a quem não queria desagradar. Até ali, esse comportamento não tinha nome, o que tornava mais difícil a busca por soluções, para impedir que um filho tivesse que escolher entre o amor possessivo da mãe e a ausência do pai. Criança tinha e tem direito de ser acolhida por ambos os genitores.

Enquanto eles litigavam, sem cessar, entrou em vigor a lei de alienação parental. Alienação parental foi uma dor que permaneceu muitos anos sem nome. Uma prática grave, que aniquilava a segurança e a autoestima de um filho, que era levado a repelir, na maioria das vezes, o pai, para se mostrar solidário à mãe, que forjava memórias e desqualificava qualquer tentativa de convívio saudável.

Ao tentar se utilizar da lei para conseguir estancar o sofrimento da filha, Maurílio, que pedira a guarda da menina, se viu acusado de abuso sexual. Quatro anos em que ele foi ao inferno e voltou. A palavra da mãe foi suficiente para a suspensão da visita. Os amigos mais próximos, mesmo os que o conheciam durante toda a vida, desconfiaram dele. O único apoio incondicional veio dos dois jovens filhos, que não o deixaram sucumbir ao desânimo, nem abrir mão de Bia.

– Eu quase joguei a toalha, excelência. Mas ia parecer que era uma espécie de confissão.

Isso foi quando ela viajou e mudou de cidade, e Maurílio passou anos tentando recuperar a filha. Depois de muitas audiências e estudos psicológicos técnicos, afastando a possibilidade de que algum abuso tivesse ocorrido, a certeza veio na confissão de Mônica.

Bia, entrando na adolescência, passou a confrontar a mãe, que, em um surto de desequilíbrio, revelou não só o que fizera, mas ameaçou fazer tudo outra vez. Era visível que ela precisava de tratamento. E que não tinha qualquer condição de continuar cuidando da menina.

Foi indecente que Mônica se valesse de um sistema, desenhado para proteger uma criança, com o intuito de excluir e, pior, acusar o pai da prática de um crime sexual, cuja simples menção fulminava qualquer presunção de inocência. Na dúvida, quem acredita na palavra de quem é acusado de abusador? Ela responderia a um processo criminal.

Na audiência, a guarda unilateral e definitiva de Bia era garantida ao pai. Uma sentença que, nem de longe, indicava alguma possibilidade de justiça ou de um final feliz. Nove anos de processos, laudos, medos e ameaças: não há relação amorosa, por mais íntegra e consistente, que não se destrua nesse contexto.

O tempo passado não seria recuperado. Bia não aprenderia a andar de bicicleta com o pai. Nem armazenaria as lembranças da infância ao lado dos irmãos, nas férias à beira do mar. É possível que, com muita ajuda e terapia, conseguisse restabelecer um convívio saudável com a mãe e que, recuperada sua autoestima, conseguisse não reproduzir sua história no futuro. Maurílio, mesmo revoltado com toda a devastação que poderia ter sido evitada, demonstrava desejar mais o futuro do que a vingança. Era nítido que ele não se apropriava da alienação parental para se vitimizar nem para se impor, o que fazia toda a diferença na redução dos danos.

Lamentavelmente, Maurílio era uma exceção. O que se via, no Judiciário, era uma enxurrada crescente de ações invocando a alienação parental. Não objetivando os cuidados e a saúde mental dos filhos, mas perpetuando violências contra as mulheres. O condenável comportamento de Mônica era usado como exemplo para reforçar o preconceito. Mulheres loucas, desequilibradas, possessivas.

Inauguramos um tempo em que as palavras têm sido esvaziadas. Como órgãos, peles e músculos, palavras também se gastam com o uso indevido e excessivo. Nada mais distante da liberdade, por exemplo, do que o uso perverso que se faz da palavra, quando se invoca o direito à liberdade para ofender e odiar. Nada mais distante do amor do que o uso da palavra "amor" para significar poder e possessão.

Não são as leis, nem as palavras sozinhas, que mudam o mundo. A importância simbólica de dar nome às coisas, a relevância de se falar em alienação parental não podem ser suplantadas pela banalização com que os processos são ajuizados para inventar tragédias inexistentes.

Há conflitos para os quais a Justiça jamais dará resposta. Há machucados que, por melhor que seja uma sentença, jamais cicatrizarão. O cuidado deve ser redobrado no julgamento desses tipos de conflito. Para não deixar que o preconceito nos paute. Para não permitir que abusos aconteçam. Para possibilitar que um pai e uma filha que se amam possam conviver e experimentar os bons momentos da vida, que não voltam e não se repetem.

A cremação de Narciso

Aos 83 anos, morreu sozinho, em uma unidade de terapia intensiva. Destino experimentado por centenas de milhares de brasileiros, Túlio não foi, lamentavelmente, uma exceção. Ao contrário dos muitos sepultamentos solitários, Mariana enfrentou o medo do vírus e não teve dúvidas em correr risco de contaminação, para que a cremação não fosse testemunhada apenas pelos trabalhadores funerários, que não tinham opção de não estar ali. Foi ela que o internara, havia apenas seis dias. Depois de quase 25 anos de um relacionamento clandestino, ele finalmente assumira a relação, um ano e meio antes do início da pandemia. Apareceu na casa dela com duas malas, alguns documentos. Disse que vinha para ficar.

Ela não era mais a jovem mulher sedutora que ele conhecera havia pouco mais de duas décadas. Mas ainda era a mulher que acalentava uma vida em comum ao lado dele, mesmo que ele já tivesse ultrapassado os oitenta anos e sofresse com as limitações que acompanhavam o envelhecimento.

Quando se conheceram, a diferença de 28 anos não era visível. Bastaram poucos encontros para que a tensão sexual se transformasse em uma paixão incontrolável. Ela o admirava, lia os rascunhos que ele escrevia e, a partir do encontro com ele, passou a enxergar o mundo de outro lugar.

– Ele ampliou meus horizontes, doutora. As coisas da vida que me interessam, aprendi com ele.

Os que o conheciam apostavam na breve duração da aventura. Ela não era a primeira, e certamente não seria a última, com quem ele se relacionaria sem desfazer o longo casamento, que já durava quase quarenta anos.

No início, Mariana não se importava com rótulos, nem com as ausências nos Natais e festas de família, mas aos poucos a incômoda situação a levou a exigir uma definição da parte dele. Se o casamento que ele mantinha era de fachada, o que o impedia de rompê-lo e viver ao lado dela? Era o que ela mais desejava.

Mas os anos se passavam, e as soluções iam se adaptando à realidade possível e aceita pelos dois. Aliás, pelos três, porque depois de algum tempo era impossível que a mulher dele não soubesse da relação paralela.

Como se fosse um processo natural, aos poucos, ele foi assumindo todos os pagamentos de Mariana. O contrato de locação do apartamento novo foi assinado em nome dele. Ela diminuía o trabalho e, paulatinamente, apenas cuidava dos negócios dele, sempre disponível para as longas conversas, para as aulas em outros estados e países, para as críticas mais contundentes.

A única e breve separação ocorreu quando, para uma viagem específica de trabalho, ela foi preterida por Gilda. Naquela única vez, Gilda fazia questão de acompanhar o marido, o que custou a Túlio a privação da companhia de Mariana por quase cinco meses.

A volta, no entanto, veio acompanhada de promessas e projetos futuros. Ele decidira pedir o divórcio. Aos 79 anos, não precisava continuar vivendo uma mentira. Os advogados, amigos de décadas, tentaram demovê-lo da ideia. Eram amigos antigos do casal. Não fazia sentido abandonar Gilda, já na reta final da vida.

– Eu jamais me divorciaria dele, excelência. Ao contrário do que pode parecer, não sou uma velhinha resignada com um chifre. Vivemos juntos os anos mais difíceis da nossa vida. Quem enterra um filho único não consegue se separar. É para sempre. Perdi um pedaço da minha alma ali. Não me importava que ele tivesse os seus casos. Nunca me tirou pedaço. E com essa moça não foi diferente.

Olhando para Mariana, Gilda alfinetou:

– Se ele quisesse tanto casar com ela, por que não fez isso antes? Se ele pagava as contas dela enquanto era vivo, eu não sou obrigada a dividir minha pensão, agora que ele morreu.

O problema, até então ignorado por Gilda, é que ele ajuizara uma ação de divórcio, poucos meses antes da morte, para a qual ela nem havia sido citada. E a outra questão, trazida por Mariana à audiência, é que ele assinara um documento reconhecendo a união estável.

Não se disputava ali o amor de Túlio. Ele já não podia correspondê-lo. De acordo com os relatos trazidos pelas duas mulheres, ele sempre escolheu as maneiras mais convenientes de viver a própria vida. Por mais que ambas falassem da intensidade com que viveram as relações, era visível que Túlio apenas era intenso com seu próprio ego, e com suas vaidades, embora isso não fosse perceptível para nenhuma delas.

Por mais óbvia que fosse a realidade de que, a pretexto de amar duas mulheres simultaneamente, o que faltou a ele foi coragem para enfrentar as perdas que nascem das escolhas, a situação das mulheres era dramática. Ambas dependiam do dinheiro dele para prosseguir. Cada qual tinha uma realidade subjetiva para encarar a tragédia.

Gilda, com mais de oitenta anos, e Mariana, beirando os sessenta, teriam dificuldade de encontrar trabalho e renda.

Para Mariana, no entanto, o que mais incomodava não era a questão patrimonial. Ainda que preocupada com o futuro, e com as promessas feitas por ele de que ela não sofreria qualquer privação, o que a motivava naquele momento era o direito de ser respeitada e reconhecida no lugar que ocupara na vida dele. Chorando, ela lembrava o quanto amou e foi amada por aquele homem, a ponto de abrir mão da juventude, das propostas de trabalho, da própria vida para estar ao lado dele.

– O mais difícil, para mim, é que eu sei qual é a nossa história e, no final, fui identificada como a secretária que declarou o óbito.

Ter a minha união reconhecida é recuperar o meu lugar. E o lugar do amor que eu vivi.

Olhou nos olhos de Gilda e prosseguiu:

– Eu não te quero mal, acredite. No fundo, você sabe que nunca fui só mais um caso para ele. Você também sabe que seu casamento tinha acabado há anos. Só quero respeito. E justiça.

Justiça era também o que Gilda desejava. Mesmo desconcertada com a abordagem inesperada de Mariana, ela perdera mais. Além do companheiro bissexto, que de alguma forma lhe garantia segurança, envelhecera sem autonomia e com grandes limitações, inclusive de mobilidade. A fragilidade com que se apoiava em uma bengala era desproporcional à convicção com que falava dos seus direitos. A perpetuação do casamento, uma escolha de segurança e estabilidade feita pelos dois, mesmo distante do amor que faz com que um homem e uma mulher caminhem juntos, não podia ser desconstruída na velhice, quando ela mais precisava de suporte.

Fiz uma proposta para que elas dividissem a pensão, fixando um percentual maior para Gilda. Antes de morrer, Túlio contratou um seguro de vida, cuja única beneficiária era Mariana. Elas ficaram de pensar, e suspendemos o processo por três meses.

Difícil, se não impossível, decidir quem tinha razão. Fácil, no entanto, desprezar o comportamento de Túlio. Não foi um homem que amou profundamente duas mulheres ao mesmo tempo, o que seria um comportamento humano, contraditório e compreensível. Incapaz de fazer escolhas e de olhar para quem quer que seja exceto para a própria imagem no espelho, legou para Mariana e para Gilda um confronto desnecessário e desrespeitoso. Imaginei, em uma situação ideal, um encontro de Gilda e Mariana desconstruindo Túlio, espalhando suas cinzas e se libertando para seguirem os seus caminhos. Idealização, no entanto, distante da estrutura machista que nos limita. Ou alguém consegue imaginar a mesma experiência vivida por uma mulher?

Evasão de privacidade

Eles já haviam chegado a um acordo sobre a guarda compartilhada. Não sem as intervenções ácidas de Paula, que não acreditava que Joaquim pudesse se interessar pelo convívio com os filhos. De todo jeito, era uma questão periférica. Aos dezesseis e dezessete anos, o exercício da guarda pouca relevância tinha na vida dos meninos. A demanda era limitada ao valor da pensão, até que eles concluíssem a faculdade. Ele já assumira a nova companheira, que, no corredor, exibia a barriga da gestação avançada. Antevi o mal-estar que se anunciava quando, ao entrar no gabinete, passei entre os dois bancos, um de cada lado do corredor, que acomodavam, como em uma torcida, as amigas que acompanhavam a mulher para uma cerimônia. Uma cerimônia que não era fúnebre, mas que em muito se distanciava da celebração que os levou ao altar, na presença daquelas mesmas testemunhas.

O valor da pensão de Paula, embora também causasse alguma divergência, não era o maior problema. Seria temporária e até que a empresa de cartonagem, que pertencia ao casal, fosse vendida. O mais complicado era a partilha, não só dos imóveis, mas da empresa familiar. Qualquer valor encontrado era sempre insuficiente para quem pretendia vender a sua parte, e excessivo para quem quisesse adquirir as cotas do outro. A matemática não ajudava. Quatro dividido por dois não era dois naquela equação. A empresa só funcionava como um projeto de ambos. E só para os dois tinha valor comercial.

Estavam na iminência de matar a galinha dos ovos de ouro porque não era possível separar o afeto do balanço financeiro. Nas raras vezes em que, mesmo com um divórcio, se preservavam os negócios, o resultado era o melhor para todos. Solução ideal, mas extremamente difícil, por óbvio. Quando o fim da confiança corroía o afeto, impossível imaginar que a estrutura empresarial se preservaria.

– Se ele foi capaz de esconder essa mulher de mim por quase três anos, como é que eu vou acreditar na administração e na gestão dele, especialmente quando eu não estiver mais por perto?

Paula e Joaquim viveram bem e compartilharam projetos e desejos comuns pela maior parte dos 21 anos em que estiveram casados. Eram quase 25 anos de convivência, contando com o longo namoro, iniciado poucos anos depois da conclusão da faculdade. Não eram um casal burocrático. Os muitos amigos, que desfrutavam da convivência cotidiana, se encantavam com o carinho e a delicadeza com que se tratavam, mesmo depois de tantos anos juntos. Paula se divertia com as piadas repetidas de Joaquim. E não era uma reação mecânica. De fato, todos esperavam que envelhecessem juntos.

Joaquim sabia que grande parte do sucesso material que alcançaram era resultado do apoio de Paula, que sempre o incentivara. Os arroubos arrojados de Joaquim nem sempre os levaram a portos seguros ou a caminhos estáveis. Ele não temia arriscar, para faturar mais, diversificar investimentos e garantir uma vida ainda mais confortável para a família. As necessidades não eram exatamente necessidades, mas desejos. Consumidores caros e exigentes, não economizavam com marcas, viagens, restaurantes, carros. Quando as apostas fracassavam, Paula era compreensiva. Jamais criticou o marido. Nem mesmo quando, depois da falência de um projeto de construção, tiveram que morar na casa dos sogros dela por mais de um ano com as crianças pequenas. A resignação e o bom humor de Paula eram as provas definitivas daquele amor.

Foi graças a Paula, também, que conseguiram se reerguer. Com a morte do pai dela, tendo herdado alguns imóveis muito valorizados, não pestanejou em vender as propriedades para o novo investimento do casal: uma pequena fábrica de papel, que se ampliou rapidamente e que até ali garantia a vida confortável a toda a família.

Paula, que cresceu em uma família conservadora, se percebia responsável pelo destino de todos os familiares e se culpava porque não conseguia identificar em que momento descuidou do casamento e em que contexto Joaquim se viu disponível para viver uma aventura. Viviam juntos. Em casa, no trabalho, nas preocupações. É verdade que, com 53 anos, não tinha mais o mesmo tesão, e a sedução arrefecera. O sexo ocasional era compensado pelo prazer do convívio social, pelos projetos de viagens e mudanças, pela alegria de ver os filhos crescendo e ganhando asas.

Exibia nas suas redes sociais as imagens da família feliz. Exibia os pratos dos melhores restaurantes, as praias e a serra para onde costumavam ir nos fins de semana. Um recorte de exibição de perfeição, que também era compartilhado por Joaquim, no seu Instagram.

Ela não percebeu quando ele, aos poucos, foi deixando de postar as fotos do casal e da família. Também não deu importância quando os filmes com pipoca das noites foram substituídos pelos vídeos que pipocavam no celular dele. E, se achou estranho o distanciamento físico, quando ele passou a dormir muitas vezes no escritório, com a televisão ligada, também concluiu que era natural que, depois de tantos anos, qualquer casamento passasse por alguma distância. Não estava insatisfeita. Conversava com as amigas da mesma faixa etária e pensava que era mais um ajuste para a menopausa que se anunciava, com o ninho prestes a esvaziar, com a pele perdendo a tenacidade, com as rugas, mesmo retocadas com botox, causando os estragos previsíveis e esperados.

Mas foi quando Joaquim começou a reagir com impaciência a qualquer pergunta banal que ela fazia, desqualificando-a diante de quem estivesse presente, que Paula percebeu que precisavam conversar. Imaginando que ele omitia algum problema financeiro com a fábrica, insistiu muito, tentando extrair alguma informação. Ofendido com o que apontou como desconfiança desmedida, foi dormir, deixando Paula e o celular na sala.

– Eu tenho certeza de que ele fez isso de propósito. Qual é o homem que trai e deixa o celular sem senha, em cima da mesa, com mensagens piscando sem parar?

Segundo Paula, ela não era curiosa, nem ciumenta. Nunca se ocupara de olhar as mensagens do marido ou as publicações nas redes dele. Mas "relaxa, meu amor, amanhã você resolve" brilhando na tela escura foi uma convocação inevitável a vasculhar o aparelho.

Perplexa, com o coração pulsando no pescoço e sem conseguir segurar o choro que jorrava, Paula leu as centenas de mensagens trocadas entre Joaquim e Juliana. Não era um caso eventual. Era uma história de amor. Com planos para viverem juntos. Com fotos de sua própria casa, de seu trabalho, seguidas de legendas que revelavam exaustão e impaciência. As saudades que chegavam para a moça, enquanto eles viajavam, com críticas a Paula, como se fosse ela a atrapalhar os sonhos do novo casal.

– Inacreditável foi ler que, em uma noite, depois que a gente transou, quando estava em Itaipava, ele me deixou no quarto e mandou uma poesia pra ela, quando me disse que ia buscar água. Eu me lembrava muito bem daquele dia. Conferi a data e não acreditei! Isso já tem quase um ano. E eu achei que tinha superado esse pesadelo. Mas é voltar a lembrar, e o ódio que eu sinto vem mais forte. Me sinto uma imbecil, uma idiota que abriu mão da vida pra esse monstro fazer tudo o que queria.

Joaquim tentava se desculpar, argumentar que nada havia sido planejado, que Paula não abriu mão de nada e que sempre fez o que quis. Fez questão de se mostrar sensato, grato até, reconhecendo a importância dos anos que passaram juntos.

– Aconteceu, doutora. Eu me apaixonei. Estou casado com a Juliana. Pra que ficar mexendo nessa história que não tem volta?

"Aconteceu." Era um dos verbos que eu mais ouvia nas audiências. Como se o livre-arbítrio não nos constituísse. Como se o inesperado nos rondasse a todos, aguardando o momento de se instalar magicamente.

É verdade que ninguém é culpado quando um amor chega ao fim. É uma tristeza tão intensa que, muitas vezes, parece definitiva. Muda o mundo, mudam as informações, a linguagem. As redes sociais viram novos espaços de afetos e traições. Também é verdade que o descaso com o outro, e com as consequências das novas escolhas, escalava. Reflexo de um tempo de utilitarismo e de relações descartáveis.

Não adiantava revolver a lama do passado. Repetir à exaustão o sofrimento a que Paula foi submetida não ia ajudá-la a sair do atoleiro emocional. Se Joaquim de fato havia se apaixonado, era natural que ele pudesse viver livremente a nova relação. Também deveria ser natural que ele assumisse a responsabilidade afetiva por quem esteve tantos anos a seu lado. Embora sabendo que não há formas tranquilas de encerrar um amor de mais de duas décadas, mesmo quando o fim é extremamente conturbado, há maneiras mais dignas de se encerrar um ciclo antes de começar outro.

Paula parecia ser uma mulher forte. Seguramente superaria a dor que sentiu ao ser confrontada com uma traição inesperada. Não era a existência da outra mulher o que a machucava mais. Era saber que ela havia se tornado assunto da relação dos dois, um objeto, a quem ele nem se deu ao trabalho de dar qualquer satisfação. Preferiu o atalho do celular disponível, para que coubesse a ela a escolha pelo fim do casamento.

Magoada e profundamente entristecida com o fim melancólico do que imaginava ser uma boa vida, Paula ainda deixou escapar a indignação que mais a incomodava.

- Então, pra você viver essa vida nova, precisa apagar nossa história?

Ele custou a entender, e eu também, que Paula se referia a uma limpeza que Joaquim fez na sua página da rede social. Todas as imagens nas quais ela aparecia haviam sido deletadas por ele. Paula se imaginou, mesmo com o casamento tendo chegado ao fim, como uma memória fundamental, da qual ele jamais se esqueceria.

Curiosa a rapidez das aproximações e os estragos que as redes produzem. Uma linguagem inexistente há pouco mais de uma década, era agora o espaço da vida, da verdade, da memória e das histórias. Ser apagada das redes sociais era mais uma ferida em carne viva que ela precisava curar. Nesses tempos estranhos, aos quais ainda estamos nos adaptando, a memória nasce da visibilidade.

Joaquim não teve sensibilidade para acolher a dor da companheira de tanto tempo. Tinha urgência em viver um novo amor, e em publicar fotos novas de nascimento e descobertas. Fizeram um bom acordo para que Paula pudesse comprar a parte dele na empresa. A cartonagem era um projeto mais dela do que dele. O tempo ampliado para pagamento e redução dos juros foram ideias minhas.

Não havia compensação patrimonial pela dor que Paula experimentou, e nem tudo se compensa com dinheiro. Mas fiz questão de, antes de encerrar a audiência, falar um pouco das irresponsabilidades emocionais. Nenhuma lição de moral, comportamento que evito e repudio. Apenas algumas reflexões para que o modelo não fosse reproduzido no novo casamento.

Foi uma longa estrada para que o afeto estruturasse as relações familiares e potencializasse os muitos direitos das famílias que eram ignorados. Era surpreendente o retrocesso, alavancado pela linguagem tecnológica que ignorava o tempo da tristeza. Eram novos conflitos que nasciam da exposição, das exibições, dos cancelamentos. Era o mesmo amor que atravessa o tempo. Um amor que não é descartável, que continua sobrevivendo por cuidado, por delicadeza, e que precisa do tempo do luto para o seu fim. "O tempo cura" era um conselho de minha avó. Era minha esperança para os novos tempos.

Paternidade ostentação

– Foi uma decisão impensada, excelência. Eu fiquei com pena dela. Sozinha, com um guri de três anos no colo e o pai sumido no mundo. A gente só sabia que ele estava vivo porque todo mês aparecia a pensão no banco. Claro que eu sabia que o Kiko tinha um pai, mas ela via como eu era presente com as minhas filhas do primeiro casamento. Eu era muito apaixonado por ela. Queria que ela ficasse feliz.

– Mas, George, não era possível cuidar, ficar perto do Kiko, sem ter que mudar a certidão de nascimento do menino? Imagine se a cada cinco anos alguém aparecesse no seu registro contando uma história diferente da sua própria vida?

Uma certidão de nascimento não era apenas um documento de identidade. Só percebi a importância simbólica do registro depois de dezenas de julgamentos de reconhecimento de paternidade, nos quais muitas pessoas, mesmo adultas, chegavam às lágrimas quando recebiam o pedaço de papel. Importância que também ficou visível quando as uniões estáveis passaram a ser convertidas em casamento, ou quando os casais homoafetivos finalmente puderam oficializar as relações. Papel só não tem importância para quem não precisa dele.

Foram muitos os avanços dos direitos nesses anos recentes. Um, especialmente importante, foi a possibilidade de uma certidão garantir mais de um nome de mãe ou de pai. A multiparentalidade, fato da vida que se multiplicava na medida em que casamentos se desfaziam e se refaziam, eram garantias que davam visibilidade a situações até então silenciadas.

O primeiro caso reconhecido pela Justiça era tão óbvio que não era necessário conhecer o direito, ou ser iniciado em qualquer ciência humana, para compreendê-lo: uma mãe, morta no parto, deixou a filha na companhia do enlutado pai. Dois anos depois, ele se casou novamente, e a menina foi acolhida pela madrasta, que, representando o papel de mãe, não via outro caminho senão adotar a enteada formalmente. Acontece que, na época, para que o nome dela fosse incluído no registro, o nome da mãe deveria ser excluído, solução que não atendia a ninguém naquele núcleo familiar. Decidiu-se, então, pela manutenção de duas mães, registro que concretizava a realidade da criança. Duas mães e quatro avós maternos, embora fosse uma inovação, era a melhor proteção para a menina.

Não sem resistência, a tese se espraiou, suscitando reações de grupos mais conservadores, que se recusavam a deixar a vida penetrar nos escaninhos empoeirados dos cartórios registrais. Como seria possível funcionar um sistema com mais de um pai ou mais de uma mãe? E a pensão? E os direitos sucessórios? Todas as preocupações eram direcionadas para reflexos periféricos do vínculo afetivo, como se a organização patrimonial devesse se sobrepor aos direitos da existência.

Não fosse esse passo adiante, Verônica, aos sessenta anos, não conseguiria ver a história da sua vida traduzida na própria certidão. Quando ela nasceu, filha da irmã Elza, de quinze anos, foi registrada pela avó materna. Era comum, na época, essa maneira de esconder os pecados familiares da adolescência. Ela e Elza viveram como irmãs, e o assunto foi interditado até a abertura do testamento, quando Elza, já morta, expressamente reconheceu Verônica como filha e desejou que seu nome fosse incluído na certidão.

A avó materna, identificada como mãe por seis décadas, já havia morrido. Não parecia correto apagá-la do registro. Não fosse a multiparentalidade possível, Verônica teria parte da sua vida desaparecida no documento.

Mas o retrocesso, infelizmente, está sempre à espreita. Não apenas vindo de grupos que preferem a ordem aos direitos, mas também potencializados por voluntarismos, que vinham transformando profundamente a vida e as relações familiares.

Se era importante que direitos se ampliassem, também era visível que, a pretexto de afirmá-los, algumas pessoas usassem o importante espaço da Justiça para fazer prevalecer suas vontades e desejos passageiros. São tempos líquidos. Laços são feitos, desfeitos e refeitos em velocidade difícil de acompanhar. Direitos são conquistas humanas que não deveriam ser banalizadas, nem transformadas em itens descartáveis de consumo.

George registrara Kiko quando ele tinha três anos. Achou que era uma declaração de amor para Carmen. Fez questão de demonstrar para a nova companheira o quanto ele era diferente do pai ausente do menino, um mero provedor. Transformou-se em "pai ostentação" e divulgava para todos os amigos e conhecidos a sua intensa generosidade. Agora, divorciados, morando em cidades diferentes, ele não via sentido em manter o vínculo oficial. Afinal, se ele morresse, Kiko herdaria seu patrimônio com as demais filhas, de quem ele nunca se distanciara.

O estudo social indicava que Kiko não o reconhecia como pai, mas como um tio com quem a mãe foi casada. Carmen não fazia questão do nome dele na certidão, e o Ministério Público concordava que não era razoável manter um registro indesejado, sobretudo quando nem mesmo a criança entendia a relevância do vínculo documental.

Todos estavam certos, mas era importante, no meu sentir, determinar a responsabilidade de George. Kiko tinha um pai que, mesmo ausente, o sustentava. Quem não aprende pelo afeto, quem sabe, nesse contexto utilitário, consiga entender pela obrigação?

Fiz constar na assentada da audiência que, mesmo com a exclusão do nome do registro, caso o menino viesse a precisar de pensão alimentícia, George deveria pagá-la até a maioridade. Não acho que isso viria a acontecer. Nem sei se a imposição mudou alguma coisa na maneira com que ele entendia a vida.

Só percebi que, diante das mudanças rápidas e cotidianas, era fundamental questionar, diariamente, a quem se destinavam os avanços conseguidos nas relações familiares. O direito de ter mais de um pai ou mais de uma mãe, para além dos desafios à psicanálise e a Freud, era também um desafio de afirmação de humanidade. Não era possível permitir que, em nome dele, a Justiça chancelasse o uso descartável do outro, transformando o afeto em consumo. Mesmo com tantas mudanças, pai continuava sendo aquele que cria e que cuida.

O portal da insensatez

– Deixa de palhaçada, Carla. O filho também é meu. Tá pensando que me trazer aqui vai me fazer mudar de ideia? Não vou tomar a porra da vacina e ponto. Você acredita em tudo o que dizem por aí!

Fingi que não ouvi a abordagem grosseira de Zeca e, separada por placas de acrílico, usando uma máscara N-95, cumprimentei o casal. Estava ansiosa com a audiência presencial, afinal foi mais de um ano em casa, olhando para a vida pela janela e pelas telas, sofrendo com as mortes, que não estancavam.

Ansioso também estava Zeca, que mal esperou que eu sentasse para prosseguir:

– Eu não acredito que uma mulher que parece inteligente não perceba que o que eles querem é trancar a gente em casa.

Apenas depois da segunda dose da vacina, em julho de 2021, precisei comparecer ao fórum. Já havíamos tentado realizar a audiência virtualmente, mas a insistência do advogado me fez entender a importância do ato, em carne e osso. Meu secretário já havia me alertado que o rapaz era incontrolável. O tempo todo, no corredor, fazia questão de usar a máscara no queixo, bradando palavras de ordem de liberdade e escolha.

Carla e Zeca viveram juntos por dezenove anos. Não era o primeiro relacionamento dela, mas, enquanto durou, foi o seu melhor amor, como ela disse. Disse, também, que era muito bobinha na primeira separação, idealizava tudo e não admitia qualquer contrariedade.

– Quando casei, minha mãe me chamou para conversar, falou das dúvidas que tinha, que achava que eu gostava mais da ideia da festa do que do meu namorado da época. Disse que nós éramos muito diferentes. Não adiantou nada. Ela tinha razão. Eu estava amarradona na ideia de uma casa só pra mim, de escolher vestido, música. Tinha terminado a faculdade, e parecia que casar e ter filhos era um complemento pra minha vida perfeita e programada, onde tudo dava certo.

Não durou nem três anos o casamento. Sem filhos, ela até esquecia que já havia sido casada antes. E prosseguiu:

– Mas com o Zeca foi bem diferente. Sabe amor, amor mesmo, daqueles que parece que falta um pedaço quando você não está perto da pessoa? Esses anos todos, eu não lembro um dia em que eu não tivesse vontade de conversar com ele, contar alguma novidade, comentar sobre uma notícia que eu lia, ou sobre o livro que me encantava. Zeca era gentil, delicado.

Carla fazia muitas palestras fora do Rio. Trabalhava em uma associação que lutava pelo direito à moradia da população mais vulnerável. Viajava sem parar, e para Zeca, era natural ficar com o filho.

– Eu ficava tranquila. Não sentia culpa pela minha ausência porque contava com ele. Meu parceiro de alma, como eu costumava chamá-lo. De uns anos para cá, ele foi ficando estranho. Às vezes, eu achava que era piada de mau gosto, quando ele mostrava as publicações preconceituosas que recebia. Depois, ele começou a reclamar que, no trabalho dele, só tinha lugar para mulheres e pretos. Ele achava um absurdo comprometer a qualidade e o mérito só para fingir que era democrático. Desisti de tentar convencê-lo de que as políticas de inclusão e diversidade eram a única saída para reduzir a desigualdade.

Um dia, Carla fingiu que não ouvia quando ele questionou seu trabalho, acusando-a de alimentar o povo com esmola em vez de ensiná-los a pescar.

– Eu não sabia mais quem era aquele homem. O meu Zeca não pensaria daquele jeito, jamais.

Como Carla, também eu vinha acompanhando os estragos que os descaminhos da política e das redes sociais provocavam na sociedade. Nas famílias, parentes e afetos se desfaziam pela insistência de publicações mentirosas em grupos de WhatsApp e pela apropriação de palavras, para fazê-las representar exatamente o oposto daquilo que significavam. Liberdade, ética e verdade eram as palavras mais maltratadas nesse cenário que se anunciava.

– Meu trabalho foi ficando cada dia mais difícil. Não era incomum que grupos invadissem as páginas da associação nas redes sociais com ameaças, agressões. Mas nunca imaginei que aquele ódio todo contaminasse a minha vida íntima e pessoal.

Poucos meses antes da pandemia começar, Zeca parecia mais estranho. Falava menos, se mostrava preocupado. Não contou para Carla da briga que teve com os irmãos, por causa do inventário do pai. E nunca disse que havia comprado uma arma.

– No dia em que eu descobri o revólver, quando eu arrumava o armário, tremia tanto... Não sabia o que fazer. Liguei para o meu pai. Arrumei umas malas. Ele me buscou e me levou para a casa dele com meu filho.

Logo depois veio o confinamento. E agora Zeca queria ficar mais tempo com a guarda do menino, indignado por ter sido privado da convivência por mais de um ano. Foram meses de medo, potencializados pela insistência do marido, que vinha pegar o garoto para sair, sem se proteger adequadamente nem atender às orientações sanitárias, colocando em risco não só a própria vida, como a de toda a família, especialmente a dos pais de Carla, que, já idosos, temiam a contaminação.

Nesse momento, Zeca reagiu energicamente. Não admitia que a história contada por Carla me impressionasse. Interrompendo-a e me encarando, se defendeu:

— Agora que ela terminou a narrativa de coitadinha dela, eu posso falar? Pergunta se alguma vez eu já levantei a mão pra ela. Pergunta se eu algum dia, nesses anos todos, tratei ela mal ou fui violento. Isso é coisa dessa esquerdalha que anda com ela, doutora. Eu sou um homem de bem, sempre cuidei da minha família. Pergunta a ela quem ficava em casa pra ela poder viajar quase todo mês. Tenho arma, sim, e daí? É para minha defesa. É meu direito.

— Não estamos aqui para decidir se o senhor pode ou não pode ter arma, José Carlos. O divórcio vai ser decretado, e não depende da vontade dos dois. Basta o pedido que Carla fez. O que temos para resolver são os horários de convivência com o filho, uma vez que a guarda é compartilhada entre vocês. Ele não só pode, como deve, passar tempos iguais com a mãe e com o pai. A única limitação, nesse momento, são os cuidados com a saúde. A pandemia está longe de acabar, a vacinação já começou, e ao que parece o senhor não só não deseja ser vacinado, como não respeita qualquer regra de afastamento social.

Os conflitos nascidos da negação da ciência na pandemia desaguavam na Justiça. Restrições de ir e vir não eram claras. A desinformação era turbinada pela voz oficial do governo, que deveria conduzir a crise sanitária com racionalidade e respeito. O atraso do início da vacinação, aliado às mentiras que circulavam nos grupos de WhatsApp, potencializavam o sofrimento e impactavam as relações familiares.

José Carlos era uma sucessão de clichês inacreditáveis. De vírus chinês a sucesso da ivermectina e da cloroquina. Da resistência aos números e aos fatos até a existência de um chip que serviria para controlar a população vacinada, nenhum item foi excluído do discurso daquele homem, que, me olhando com uma expressão desafiadora, confrontava todas as ponderações que eu tentava fazer, sem alterar o tom da voz e sem deixar que ele percebesse a minha irritação diante de tanta ignorância e irracionalidade.

O pior é que ele contraíra a doença, de forma grave. Esteve na iminência de uma intubação e, ainda assim, insistia na ficção na qual acreditava cegamente.

– A senhora acha que, se a medicação não resolvesse, eu estava aqui, vivo e cheio de anticorpos para contar essa história?

Carla, visivelmente desesperada, não conseguia se conter. Sofria porque o delírio coletivo, para o qual Zeca fora abduzido, impedia que um amor, que um dia tinha sido leve, delicado e feliz, prosseguisse. Não havia diálogo possível. Mais devastador do que os fins naturais dos amores foi testemunhar afetos se distanciando por abismos ideológicos, forjados em uma linguagem que se impunha no mundo virtual, vitimando a humanidade no mundo real.

Ser contemporânea de mudanças tão bruscas, profundas e desumanizadoras, por mais que eu tentasse exercitar a escuta atenta, parecia impossível. A minha voz não era ouvida por José Carlos, e a voz dele despertava a minha intolerância. Minha impaciência histórica com questões banais de natureza patrimonial não era nada perto do que eu senti quando ele ergueu o dedo na minha direção e, em tom professoral, declamou o inciso II do artigo 5º da Constituição, tentando me ensinar, com o sorriso irônico escondido sob a máscara que lhe foi imposta, que ninguém era obrigado a fazer ou deixar de fazer alguma coisa, senão em virtude de lei.

Se ele não conseguia se sensibilizar com as 556.370 mortes acumuladas na época, se ele não conseguia acreditar nas estatísticas, que começavam a apontar para a redução de óbitos a partir das vacinações, nada do que eu dissesse o afetaria ou o faria refletir. Não era racional o comportamento.

Foi triste ver o ódio contaminando o amor e desencantando o olhar de Carla. Foi desolador assistir ao processo de desumanização das relações afetivas, pela mentira e pela insensatez, transformando um homem bom em um estranho desconhecido. Mas foi com esperança que decidi que, para casos aparentemente perdidos, só os limites da lei para impedir retrocessos ainda maiores.

Não era possível obrigá-lo a se vacinar. Também não era razoável expor o filho do casal a riscos desnecessários e graves. Ele teria garantido o direito à convivência ampliada se aceitasse os limites estabelecidos pela ciência. Para estar mais tempo com o menino, ou apresentava a comprovação da vacina, ou se comprometia a usar máscaras e não frequentar lugares cheios na companhia da criança.

Com o vírus sendo controlado, ainda havia uma longa estrada para a retomada da normalidade possível. Sepultar os mortos, elaborar os lutos e torcer para que o portal da insensatez se fechasse. Para o ódio e para a ignorância não havia vacina. Nem lei que desse conta.

RENATA, 62 anos

Eu morava no mesmo prédio desde o meu divórcio. Quando minha filha casou e mudou para Teresópolis, achei melhor procurar um apartamento menor, perto da praia. Quando me aposentei, aos 62 anos, imaginei que era um bom projeto para o futuro, afinal, estava perto de uma academia, fazia uns cursos de arte e tinha os melhores cinemas próximos, programa que eu adorava fazer sozinha. Tive uns namoros rápidos, mas já fazia uns três anos que eu não me relacionava com ninguém.

Eu conhecia de vista o casal que morava na porta ao lado, mas tive no máximo uns três ou quatro encontros no elevador. Impressionante como a gente consegue viver tantos anos no mesmo lugar e não conhecer os vizinhos.

No final de 2018, soube pelo zelador que a mulher dele havia morrido. Um câncer fulminante e, em menos de quatro meses, acabou. Não o procurei para dar os pêsames. Mal nos conhecíamos, e poderia parecer invasivo.

Quando fechou tudo, no começo da pandemia, eu virei a louca da limpeza. Me tranquei em casa, lavava a mão o tempo todo, limpava todos os cantos com álcool em gel. Não saía para ir nem à farmácia, nem ao mercado. Tudo chegava na portaria e era deixado na minha porta. Mesmo assim, eu me sentia extremamente ansiosa até higienizar tudo, tomar mais um banho e tentar assistir a um filme ou ler um livro.

Aliás, se tem uma coisa que não funcionou, foi o meu plano de colocar as leituras em dia. O medo que eu sentia me imobilizava. Ficava contando os mortos, pensando em conhecidos que foram internados. Tentava meditar, me ocupar, mas era impossível não pensar que, caso eu me sentisse mal, estava sozinha.

Minha filha tinha um bebê de dez meses. Se ela não vinha ao Rio com frequência antes do nascimento, depois então é que ela descobriu a desculpa mais frequente para não aparecer. Nos falávamos rapidamente pelo vídeo, e eu sonhava em poder ser avó, ao vivo e por mais tempo.

Uma vez, quando abri a porta de serviço para deixar o lixo, dei de cara com o Inácio. Eu e ele, mascarados, os olhares que se cruzaram eram de pânico, de terror. Bati a porta na cara dele, sem dar uma palavra. Depois, fiquei imaginando se eu deveria ligar para me desculpar, mas achei que podia piorar a situação.

Na manhã seguinte, ao abrir a porta, encontrei um livro. Era dele. Na dedicatória, um pedido para que eu não me assustasse com as primeiras impressões. Eram cartas que ele escreveu para a mulher, durante a doença dela. Tinha também o número do celular, para onde enviei uma mensagem agradecendo.

A partir de então, nos falávamos diariamente, e várias vezes por dia, por mensagens. A intimidade se instalou de um jeito tão diferente que era inacreditável que nunca tivéssemos conversado antes. Nos divertíamos assistindo às lives da Teresa Cristina e nos provocando com mensagens públicas, que me faziam gargalhar. Aliás, Teresa salvou nossas vidas. Você tem ideia do que é encontrar uma pessoa que te faz rir, ouvindo música, no meio de tantas mortes e de tanta insanidade?

Uma noite, quando Chico entrou ao vivo, eu quase morri. Éramos ambos alucinados por ele. Inácio estava demorando muito para responder minha mensagem, até que ele bateu na porta e ficou.

A primeira coisa que pensei foi na cabeleira das pernas. Fazia três meses que não me depilava. Mas até isso parecia irrelevante. Ele estava ali. Eu parecia uma adolescente, e, por algumas horas, a pandemia foi uma ficção lá longe, do lado de fora da janela.

Ficamos juntos um ano inteiro, o tempo todo. Depois da segunda dose da vacina, subimos a serra para ele conhecer minha neta e minha filha, que não conseguia esconder a surpresa. Acho que ela pensou que eu não era mais uma mulher e que não pudesse namorar.

Esse ano, resolvemos nos casar. Júlia, sempre ausente, ligou, preocupada, porque um amigo disse que, se eu me casasse, ele seria meu herdeiro, junto com ela.

Inacreditável o egoísmo dessa menina. Herdeiro de quê? De um apartamento e de uma sala? Conversamos sobre isso. Também me preocupa o filho dele. Ele é tão remediado quanto eu, mas também tem suas economias. Procuramos um advogado, e a resposta é que não tem jeito. Se a gente quiser, pode até fazer um documento dizendo que um renuncia à herança do outro, mas que isso não vale nada. Podemos, ainda, fazer um testamento, deixando para os filhos metade do que temos, e só temos que dividir a outra metade.

Nós nos conhecemos bem e sabemos quem somos. Assinamos o documento só para acalmar os meninos.

Encontrar um amor, na porta do lado, em um tempo de tanto ódio, medo e ressentimento, é a maior herança que alguém podia receber. Ainda mais depois dos sessenta, quando a gente fica invisível e todos nos olham como um corpo que não deseja.

O amor nos tempos do cólera foi a releitura que escolhi para voltar aos livros. A vida chega pelos caminhos que a gente menos espera.

É assim no final?

– É só isso?

– Só isso, sim, Aline. Se vocês quiserem esperar um pouco, podem aguardar no corredor para levar o documento de averbação do divórcio.

Mas Aline não se levantava. André também parecia não ter pressa para deixar a sala.

– Surpresa com a rapidez? – perguntei, tentando esvaziar o espaço para a pauta que começara havia pouco.

Ela não estava surpresa. Não conseguia encontrar a palavra que definisse o que sentia naquele instante. Na impossibilidade de sintetizar com um substantivo abstrato, precisava de longas orações coordenadas, subordinadas às lembranças que brotavam sem ordem cronológica compreensível.

– É isso, então, o que acontece no final? – ela repetia, olhando para André, como se ele tivesse a resposta.

Aline e André não tinham uma história dramática para contar. Nem sequer precisavam de um acerto de contas. Não se olhavam com ressentimento, tampouco deixavam transparecer que ainda nutriam alguma expectativa para retomar a vida a dois.

Viveram juntos 22 anos. Conheceram-se do outro lado do oceano. Ela, em um curso de especialização; ele, de mochila nas costas, em uma viagem ferroviária sem rota ou destino.

As coincidências e as afinidades eram a certeza de que um nasceu para viver ao lado do outro. Ele ancorou naquele porto seguro e decidiu esperar o fim do curso da moça. Não perderia o trem de volta ao seu lado.

Podia ser apenas mais um romance definitivo, daqueles que começam nas férias e terminam tão logo aterrissam na vida real. Mas não foi assim na história de Aline e André.

Agora, ali na sala de audiências, Aline estava visivelmente abalada. Eu não queria deixá-la se expor, sem necessidade, naquele ambiente. Interrompi:

– Aline, vocês já terminaram. Não preciso saber dos motivos da separação, nem acho legal você ficar revolvendo suas lembranças...

Antes que eu concluísse a frase, ouvi a voz de André:

– Lembra do sufoco, Aline, quando seu namorado apareceu lá, de surpresa?

Comovidos e emocionados, os dois não só queriam, como precisavam contar a profunda experiência de amor que vivenciaram durante mais de duas décadas.

Os filhos, o trabalho, as divergências familiares, as muitas viagens, os livros, os filmes. Em pouco tempo, montaram a colcha de retalhos costurada pela estrada.

Choravam de mãos dadas. O casamento acabou. O amor, provavelmente, também. A tristeza com que experimentavam o luto se espalhava pela sala. Parecia desrespeitoso interrompê-los.

Se o ritual do nascimento do amor fazia todo o sentido, o mesmo não se podia dizer do seu fim.

Pode ser que os amores sejam todos iguais: começam com o coração aos pulos, migram para a banalidade do cotidiano, dispersam-se no tempo e, um dia, chegam ao fim. As exceções estão aí para confirmar a regra.

No entanto, Aline, André e tantos outros que passaram por aquela sala acreditavam que, com eles, a história seria outra.

O herói romântico tinha um destino trágico, como todos os heróis.

Nas tragédias, o fim estava traçado. Não tinha jeito de mudar rota ou rumo, embora os heróis dediquem a vida a lutar contra o destino inexorável.

No amor, contrariando todas as estatísticas, experiências, pesquisas científicas, cada casal tinha a pretensão de reverter o peso do cotidiano e aprisionar aquele estado inicial de encantamento e paixão na gaiola da eternidade.

Quando não conseguiam, como qualquer herói, enfrentavam a tragédia do fim.

Também no caso de Aline e André o distanciamento foi lento. O amor não acabou de uma hora para outra. Não houve um fato, um desencontro, uma falha de comunicação que pudessem ser apontados como a causa.

Aline e André não brigavam. O ninho vazio dos filhos que ficaram adultos e foram viver suas vidas era a explicação para o afastamento. Algumas vezes, percebiam o incômodo ou a insatisfação do outro, como naquela vez em que ele, chegando tarde de um jantar com os amigos, encontrou a mulher chorando na sala escura.

Abraçaram-se, carinhosamente, para aplacar a sensação de abandono que não era verbalizada, mas experimentada, em silêncio, pelos dois.

O amor nunca acaba de uma hora para outra. Vai gastando, lentamente, no tempo arbitrário da vida.

Se o começo de tudo tinha uma história, uma hora, um roteiro e um ritual, se eram garantidos aos amantes uma festa, promessas, flores, música e todo um cenário para sacramentar a sorte e a coincidência do encontro, nada mais justo que o fim do amor também pudesse ser vivido com a cerimônia necessária.

Não era o caso de uma celebração. Também não podia ser tão simples quanto duas assinaturas numa sala gelada de um tribunal e mais nada.

Aline tinha razão. Vinte e dois anos de vida não podiam terminar em cinco minutos.

Ouvi as histórias que quiseram contar. Não me preocupei com o atraso das demais audiências.

Aline e André precisavam combinar a melhor maneira de ele retirar as suas coisas da casa. Ainda precisavam acertar a divisão das pequenas lembranças e dos objetos grávidos de significado.

Nada disso era tratado no processo. Mas decidiram que a solução seria encontrada sob meu olhar.

Não era culpa de ninguém. A frustração era dos dois. A tristeza do luto era de todos nós que assistimos à expressão concreta do fim de um ciclo.

Não adiantava falar que eles tiveram uma vida linda. Não adiantava falar que era raro um relacionamento acabar de mãos dadas. Não adiantava mostrar que o que plantaram no caminho era definitivo.

Mesmo acostumada a observar e decidir dezenas de separações diárias, com o distanciamento profissional possível, eu me vi, naquele momento, envolvida pela tristeza profunda experimentada pelo casal.

Não conseguia enxergar aquele destino como um fenômeno banal e cotidiano. A individualização da dor, estampada nas faces de Aline e André, fazia com que eu compreendesse cada processo como uma tragédia única.

Desejei boa sorte aos dois. Eles saíram de mãos dadas. Olhei para a cena como se estivesse observando um milagre da transformação do amor para outra de suas muitas formas.

Acostumada com os finais felizes das obras de ficção, antevi a possibilidade da retomada daquela relação.

Mas não era assim na vida real. Não era, também, o fim do mundo. A vida tem múltiplos caminhos e diversas possibilidades. O ritual do luto era necessário para seguir adiante.

Fala quem pode

Separações são sempre difíceis. Mesmo quando a decisão é construída pelos dois, a sensação é de fracasso, culpa, tristeza profunda. E o pior é que não tem bula ou manual de instruções.

Tudo parece tão fácil nos filmes. Depois da tela escura, amanhece. Cada qual na sua casa, com a roupa de cama no armário, a louça na cozinha e os livros displicentemente arrumados nas estantes. Ninguém faz as malas, ninguém discute o significado dos objetos colecionados durante quase trinta anos. Não se reflete sobre o melhor momento de empacotar a vida ou apartar o paletó do vestido.

Costumam ser rápidas as audiências consensuais de separação. Raramente uma reconciliação, mas com frequência um choro e sempre a dor da ferida ainda não cicatrizada.

Fernando e Teresa não se pareciam com nenhum dos milhares de casais que me acostumei a ver naquela situação. Mal conseguiam se entreolhar. Não tinham filhos. Não precisavam de pensão. O patrimônio do casal seria dividido em partes iguais, e ela voltaria a adotar o nome de solteira.

Antes que eu formulasse a burocrática pergunta sobre a possibilidade de reconciliação – especialmente burocrática naquele caso, considerando a nítida distância entre os dois –, entra na sala uma senhora. Era muito idosa, cabelos brancos arrumados, chiquérrima e com um buquê de rosas colombianas vermelhas na mão.

– Desculpa, doutora. É minha mãe – informou Teresa.

– Posso aguardar aqui dentro, Excelência? – perguntou a senhora com as rosas.

– Se vocês não se incomodarem...

Tanto Teresa quanto Fernando assentiram. Altiva, ela se sentou e, tranquila, aguardou o encerramento do ato.

O acordo foi ratificado, e o tempo não passava. Nunca demorou tanto uma impressão de texto. Parecia a eternidade. O silêncio, ali, era sólido, machucava. Eu não sabia o que podia fazer, ao menos, para amenizar o visível constrangimento do casal e, óbvio, o meu.

Ele era professor universitário, e ela, pesquisadora. Provoquei alguma pauta política do dia, e a discussão sobre os arquivos da ditadura veio à tona. Qualquer coisa era mais suportável que aquele silêncio.

Soube, então, que se conheceram nos anos 1960, no movimento estudantil, e foi um amor de ideias e liberdade. Companheiros da resistência, não podia haver qualquer evento capaz de destruir a solidez dos projetos e sonhos. Dividiam as almas e se imaginavam juntos até o fim.

Ela nunca engravidou, e em exames preparatórios para um tratamento de infertilidade, quase aos quarenta anos, veio o diagnóstico de câncer de mama.

Ele a acompanhou na cirurgia e na quimioterapia. Poucos meses depois do retorno do hospital, a notícia de uma gravidez não programada de outra mulher, com quem Fernando tivera um relacionamento eventual e passageiro, caiu como uma bomba no já detonado quarteirão doméstico.

Mesmo fragilizada pela doença, a racionalidade prevaleceu. E, se teve impulsos de descontrole ou vitimização, e se pretendeu quebrar tudo, Teresa se conteve. O que os fazia parceiros era muito mais do que um sentimento de posse. Maduros, éticos, leais e politicamente corretos, enfrentariam a situação como adultos que eram e continuariam no mesmo barco.

Atenta, eu assistia, hipnotizada e admirada, à história contada pelos dois.

Alguns anos depois, um novo tumor. Dessa vez, Fernando não suportou o encargo, a responsabilidade. Não era falta de compreensão ou solidariedade. Era falta de vontade de prosseguir. Conversaram. De novo, sem drama, sem tragédia e sem bolero. Procuraram o advogado e ali estavam.

Assinados os papéis e prontos para sair, a senhora das rosas se levanta e, numa voz firme, pede a palavra.

Informei que a audiência havia terminado e, caso Fernando quisesse, poderia sair, mas, autoritária, ela o impediu.

– Só preciso dizer uma coisa, Fernando. E gostaria que você ouvisse.

Ele parou respeitosamente e permaneceu de pé. Ela prosseguiu:

– No dia do casamento de vocês, meu marido, ainda vivo, te entregou o nosso bem mais precioso. Hoje, eu fiz questão de vir aqui, com flores, para receber de volta a melhor mulher que você podia ter encontrado na sua vida. Não te culpo por nada. Só lamento que você não tenha conseguido chegar a essa idade com a sabedoria, a maturidade e a generosidade que se espera de um homem. Sempre te acolhi como um filho e nunca imaginei que uma pessoa de caráter pudesse abandonar qualquer ser humano no momento mais frágil da sua vida. Isso, rapaz, é papel de moleque. A vida não serviu para que você se transformasse numa pessoa melhor. Nessas horas, dói mais pra mim a revelação do seu egoísmo e falta de compaixão.

Nenhuma reação. Nem de Teresa, nem de Fernando.

– Acabei. Pode ir. Seja feliz, coisa que eu duvido que você consiga.

Ainda da porta, ele ouviu o que faltava:

– Você, minha filha, me dá um abraço apertado. Essas flores são para que você nunca se esqueça da mulher íntegra que é e que muito me orgulha. Não temos, no sangue, a capacidade de armazenar ressentimentos. Você vai ser muito feliz porque merece. Dignidade é coisa que homem nenhum tira da gente.

Fernando deixou a sala. Levantei-me e pedi um abraço da senhorinha. Racional, como Teresa, eu não podia ter feito aquele discurso, principalmente porque não sou juíza para julgar desejos, impulsos e limitações alheios.

Não consegui, entretanto, esconder a satisfação de presenciar um acerto de contas, vindo de uma autoridade que só a idade e a dignidade conferem. Aquela mãe não tinha nenhum compromisso, quer com a racionalidade, quer com a legalidade. Podia falar o que quisesse naquelas circunstâncias.

Partiram, mãe e filha, de braços dados, com o buquê de rosas vermelhas, no cortejo para a vida.

Tem coisa que não se pergunta

– Mas, Maicon, preste atenção: seu filho tem seis anos. Você foi casado com a mãe dele esse tempo todo. Por que só agora resolveu saber se é mesmo pai do menino?

Era uma bravata comum. Muitas vezes, no calor da separação, algumas mulheres revelavam que os filhos eram de outros. Uma maneira de provocar o companheiro. Na maioria dos casos, apenas uma mentira para atiçar a indignação do outro e prolongar o desgaste do término da relação.

Prossegui:

– Quando registrou o menino, tinha dúvidas se era o pai?

– Não, doutora, quando registrei, não. Mas, logo depois, meus amigos começaram a me zoar. Falavam que o moleque não parecia comigo, essas coisas que a senhora sabe...

– Mas mesmo assim você não fez nada, certo? Enquanto vivia com a Luciene nem se preocupou com o que diziam. Você acha correto agora, depois da separação, expor seu filho a essa comprovação?

Expliquei para Maicon que a paternidade biológica nem sempre determina a filiação. Dei o exemplo da adoção, na qual os pais, mesmo sabendo que não têm vínculo sanguíneo, assumem as responsabilidades e as alegrias do vínculo que escolhem.

Na longa exposição que eu fazia, tentava esquadrinhar as alternativas e as consequências de cada uma delas:

– Vocês podem fazer o exame e o laudo confirmar que Juninho é seu filho. Você fica aliviado, e o menino, constrangido.

Maicon ouvia atento. Continuei:

– A outra opção é que o laudo demonstre que você não é pai biológico dele. Vai mudar alguma coisa no que vocês sentem um pelo outro? Se eu chamar o menino aqui, quem ele vai reconhecer como pai?

Maicon parecia refletir sobre o que eu dizia:

– Eu sei, doutora, de tudo isso aí que a senhora tá falando. Eu nem quero tirar o meu nome da certidão dele. Só quero é ter certeza. Não é direito meu saber a verdade?

Claro que ele tinha direito. A minha tentativa, naquela audiência, era evitar um desgaste desnecessário para a criança, principalmente porque estava acostumada com a repetição da demanda e com os resultados previsíveis.

Eu quase podia apostar que Juninho era filho de Maicon. Se conseguisse ter certeza, eu o demoveria da ideia de se submeter a um exame de DNA. Dei, então, uma cartada final, certa de que viria uma resposta afirmativa:

– Luciene, você tem certeza de que Maicon é o pai de seu filho?

– Olha, Excelentíssima... Certeza, certeza, eu não tenho, não... por um dia de diferença.

Eu me arrependi, na hora, da pergunta que fiz. Não tinha, contudo, como fingir que a revelação não fora feita. Continuei:

– Mas você disse isso para o Maicon quando ele registrou o menino?

Piorou ainda mais a situação:

– Não disse nada, não. Só falei quando ele resolveu me largar. Mas já me arrependi de ter falado. O menino é louco por ele. Fica mais tempo na casa dele do que comigo.

Maicon também era louco pelo filho. Com alegria, e até com orgulho, contou da preferência declarada do filho para com ele. A mãe trabalhava muito, e grande parte da vida da criança foi ao lado do pai. Maicon tinha certeza de que Juninho nascera para jogar bola.

– A senhora precisa ver aquele toquinho de gente com uma bola no pé, doutora!

Por fim, garantiu que, em nenhuma hipótese, excluiria o seu nome da certidão do filho.

– Nunca que eu ia viver sem o moleque por perto.

Ele entendera que o vínculo criado entre os dois era definitivo. Entendera, claramente, o exemplo que ouvira, no início da audiência, dos casos de adoção.

Não deixara de se sensibilizar com os sentimentos de Juninho, ainda um menino, que poderia se constranger com a realização de um exame.

Precisava, entretanto, da confirmação, da verdade dos fatos.

– A senhora não é homem, doutora. Não consegue imaginar como é que essa dúvida me deixa sem dormir. Quando a senhora falou da adoção, eu entendi... mas é que lá o cara sabe que tá criando filho de outro.

Maicon tinha razão. Eu não conseguia entender a sua quase obsessão por uma verdade que não alteraria em nada o amor que nutria por Juninho. Mas ele queria. Tinha o direito à revelação.

Ele encerrou sua fala:

– Eu posso prometer que vou ser pai dele a vida inteira. Mas quero saber que isso fui eu que decidi porque quis.

Escrevi, na assentada da audiência, que a única pretensão de Maicon era a constatação da verdade biológica. Escrevi, também, que ele não pretendia se eximir dos deveres da paternidade. Nem anular o registro que fizera.

Filho biológico ou não, a história daquele menino de seis anos estava escrita. Alterar a realidade seria um dano inimaginável à identidade de Juninho.

Disse ao casal que eu torcia para que o laudo fosse positivo e para que Juninho vencesse o problema, sem sequelas.

Maicon estava tão empolgado com as histórias que contara do filho que fazia questão de me mostrar a foto do futuro craque:

– Olha só que lindo, doutora!

Quando bati os olhos na fotografia, tive que me conter para não demonstrar a surpresa e a perplexidade.

Maicon e Luciene, muito claros, quase loiros. Juninho, aos seis anos, com olhos expressivos, da cor da jabuticaba, tinha os cabelos enroladinhos e era negro, provavelmente como o pai biológico.

– Que olhos lindos! – exclamei. – Tem jeito mesmo de campeão.

Antes que os dois saíssem, ainda fiz um último apelo:

– Na verdade, vou torcer para que vocês desistam desse exame. Não é justo fazer um menino lindo desses passar por um constrangimento apenas para aplacar a dúvida de vocês.

E, olhando especialmente para Maicon, encerrei:

– Você tem muita sorte, rapaz! Um filho assim é para quem merece. Tenho certeza que você vai escolher o que for melhor para ele.

No fundo, não podia ter qualquer dúvida. Todos nós conhecíamos a verdade biológica. Estava estampada na cara de quem quisesse ver.

Maicon precisava apenas de um reforço externo para manter a escolha que fizera seis anos antes. Não buscava a verdade. Procurava um suporte para não se sentir frouxo ou menos macho.

Pai é quem cria. Foi o que eu falei. Era o que ele precisava e desejava acreditar.

O processo não voltou com o laudo. Parece que desistiram do pedido. A vida se sobrepôs à verdade.

Molhadinha25

Era a primeira vez que um processo de traição virtual chegava às minhas mãos. Pouco íntima das inúmeras possibilidades de comunicação na rede, tive dificuldades, na época, para compreender que as mais de oitenta páginas trazidas na petição inicial fossem cópias de conversas mantidas, durante quase três meses, entre a Molhadinha25 e o Moreno Sarado.

Além das conversas, arquivadas numa pasta do computador do escritório, Adolfo, o marido, também encontrou diversos e-mails trocados entre o improvável casal.

Não me considero uma pessoa pudica. Nem moralista, felizmente. Mas o conteúdo daquela correspondência era pornografia de quinta categoria. Verdade que a Molhadinha25 sabia se expressar muito bem. Seus textos renderiam um livro de contos eróticos, com direito às fantasias mais inusitadas e devassidão explícita.

Bastaria uma leitura rápida para constatar que a personagem inventada por aquela mulher não cabia numa pessoa só: Molhadinha era uma jovem milionária, herdeira única de um império. Adorava sexo violento. Saía de casa todas as manhãs à procura de homens que a saciassem. Frequentadora de orgias, adepta de encontros pagos, seu maior desejo era ser possuída ao mesmo tempo por vários machos em um lugar público.

A riqueza dos detalhes das suas histórias, no entanto, era a prova cabal de que ela só existia nas palavras e na imaginação.

Já o Moreno parecia não conhecer o vernáculo. Nem a gramática nem a sintaxe. Mas nada disso o intimidava. Durante quase três meses, enlouqueceu sob o domínio daquela Messalina virtual, que controlava cada movimento do esconde-esconde que decidiram jogar. Ele insistia num encontro real. Ela manipulava. Prometia. Fingia que ia. Retrocedia.

– *Gostoza, tô loko. Largo tudo pra fica com tigo!*

Adolfo queria a separação. Queria mais. Queria que fosse reconhecida a culpa de Ana Amélia pelo fim do casamento. Fora traído. Exigia o reconhecimento público da infidelidade da mulher.

Surpresa com o conteúdo das cartas, eu nem sequer tive a curiosidade de analisar, com detalhes, os outros documentos.

Era a primeira vez que eu teria contato com um conflito daquela natureza, daí minha perplexidade quando vi entrar na sala de audiências um casal que vivia junto havia 42 anos.

Molhadinha25, aquela que deixava o Moreno em fogo erótico permanente, era uma senhorinha de 64 anos, idade da minha mãe, na ocasião.

Não uma mulher turbinada, com várias plásticas, dessas que costumam malhar todos os dias e se vestem como meninas.

Ana Amélia era uma mulher de 64 anos com cara de uma mulher de 64 anos. Cabelos grisalhos, com corte chique, elegante, vestindo roupas clássicas. Constrangida e envergonhada, permaneceu cabisbaixa e silenciosa.

O pedido de separação litigiosa, com a declaração da culpa da mulher pela separação, não fazia sentido. Alguns anos antes, quem fosse considerada culpada perderia a guarda dos filhos, não receberia pensão e deixaria de usar o sobrenome do marido. Naquele momento, não havia qualquer outra consequência. O regime de bens do casal era o da separação total. Os filhos eram maiores, e ambos viviam de proventos suficientes para o próprio sustento.

Tão logo me recuperei do susto inicial e percebi o tamanho do constrangimento imposto à mulher, tentei minimizar o desgaste.

— Percebo que ambos querem se separar. Ninguém quer pensão, não há problemas na partilha, os filhos são maiores. Por que, então, não fazemos uma separação consensual?

Ana Amélia, ainda cabisbaixa, assentiu com a cabeça, no que foi interrompida bruscamente por um raivoso Adolfo, que bradou:

— Eu não estou de acordo. Quero que a senhora veja o que essa vagabunda fez comigo! A senhora não leu? Não viu o que ela me fez passar?!

Tomei a palavra e as rédeas da situação:

— Primeiro quero dizer que ainda não li nada. Essa é uma audiência de conciliação, e eu não vou, nesse momento, julgar o processo.

Ele não parou:

— Mas a vadia me traiu! Arranjou um amante analfabeto. Ficaram meses de safadeza nas minhas costas! Encontrei tudo isso no meu computador, doutora!

Era óbvio que Ana Amélia jamais trairia o marido. Era até difícil imaginar que ela fosse a promotora de desejos e fantasias inconfessáveis.

Deixá-la sofrer tamanha humilhação, sendo execrada publicamente num tribunal, era inadmissível. Mudei a estratégia:

— Seu Adolfo, eu não estou entendendo aonde o senhor quer chegar. Primeiro, para que aquelas conversas virtuais sirvam como prova, tem que ser feita uma perícia para apurar se o texto veio mesmo do seu computador. Segundo: ainda que tenha vindo do seu computador, o senhor tem que provar que foi ela quem digitou. Pode ter sido qualquer pessoa, inclusive o senhor. É uma prova complexa, de nenhuma utilidade.

Ana Amélia respirou aliviada.

Não havia qualquer sentido em aprofundar o conflito e reconhecer a culpa pela infidelidade.

Eu já havia participado de acalorados debates e seminários, nos quais acadêmicos e intelectuais defendiam ou combatiam as teses de traição virtual. Nunca tive clareza quanto à possibilidade de uma infidelidade assim, principalmente se as personagens não representavam as pessoas da vida real.

Nas discussões, em tese, eu imaginava que encontros na rede, com nomes falsos, informações inexistentes, eram fantasias secretas que nenhuma repercussão podia ter com o outro parceiro.

Todas as discussões, no entanto, foram em tese. Assim como os encontros virtuais. Agora, na minha frente, era gente de carne, osso, indignação e constrangimento.

Ana Amélia, provavelmente, tivera uma vida conservadora. Contida, casada aos 22 anos, a única experiência sexual se restringia a Adolfo. Ela encontrou na internet maneiras de experimentar seu poder de sedução e – por que não? – formas de se divertir no tempo ocioso.

Imaginei a indignação de Adolfo ao ler do que sua mulher era capaz, sempre contida, sempre cansada, sempre indisponível para os seus desejos e fantasias.

Quando casaram, amor não era necessário para um projeto de vida. Sexo não era para uma mulher de família.

Era visível que nunca se amaram. Era perceptível que jamais tiveram uma intimidade necessária na vida a dois. Era impossível que, numa brincadeira secreta, pudessem confessar seus sonhos e fantasias.

A descoberta da lascívia virtual da mulher deve ter sido dura para ele. Mas, para ela, era perversa a humilhação que experimentava.

Nelson Rodrigues tinha razão: "Se as pessoas conhecessem as intimidades umas das outras, ninguém se cumprimentava."

Muitas horas de insistência, alguns grunhidos incompreensíveis e saíram separados, consensualmente.

Senti pena pelas mais de quatro décadas de distanciamento que se impuseram.

E não pude deixar de imaginar a frustração do Moreno com o súbito desaparecimento de sua musa safadinha.

DENISE, 64 anos

Ele não podia chegar para mim e dizer que não queria mais? Teria sido mais íntegro, mais honesto.

Não foi o meu primeiro relacionamento. Nem o dele. Estávamos juntos há uns oito anos, e era uma delícia ter encontrado um amor novo. Quando fiz 55 anos, me divorciei. Achei que nunca mais fosse me apaixonar. Já reparou como mulher fica invisível quando passa dos cinquenta? Pois é. Comigo não foi diferente.

Foi muita sorte quando Tony apareceu em uma livraria. Parecia um sonho. Então havia um homem que, aos 63 anos, não estava interessado em corpos jovens nem se preocupava em parecer um garotão?!

Minhas amigas reclamavam que, na nossa idade, era impossível encontrar um homem que prestasse, mas eu não podia reclamar. Ele gostava das mesmas coisas que eu. Era caseiro. Adorava cinema. Era dono do negócio dele. Podia viajar quando eu queria.

– Se procurar direitinho vai achar os defeitos! – elas me alertavam.

Mas eu lá estava preocupada em procurar defeito? Eu também não era perfeita, e viver um amor, na maturidade, era muito diferente. Por mais que minhas inseguranças com meu corpo, minhas rugas e minha libido encolhida me abalassem, nada disso parecia incomodá-lo. Eu era mesmo uma mulher de sorte. E achava natural fazer planos para envelhecermos juntos, cuidando um do outro.

Não morávamos juntos, mas tínhamos as chaves das duas casas. Embora ele insistisse em se mudar para o meu apartamento ou em que eu morasse com ele, eu achava melhor assim. Minha filha, de vez em quando, ficava comigo. E eu não queria misturar os canais.

Uma amiga me disse que, se nos casássemos, um virava herdeiro do outro. Eu tinha minha filha. Ele tinha os filhos dele. Nenhum de nós queria qualquer confusão para o futuro. Conversamos sobre isso com tranquilidade. Tínhamos uma relação muito consistente, amorosa, segura.

Nunca gostei de computador. Só usava o WhatsApp porque parecia uma boa forma de falar com minha turma. Uma vez, lembro que Vitória, minha filha, fez uma página do Facebook para mim. Foi antes do começo do meu namoro. Ela disse que seria bom para eu reencontrar meus amigos. Mas eu nunca entrava lá.

No mês passado, ela veio passar um fim de semana comigo. Estava constrangida e não sabia como me contar. Uma amiga dela recebeu uma mensagem direta do Tony, convidando-a para sair. Antes de ligar para ele, vasculhei a página do seu perfil. Meu coração pulava no pescoço a cada mensagem que eu lia. Ele nem se dava ao trabalho de esconder. Com mais de duzentas mulheres como amigas, os comentários que ele fazia nas páginas delas não só eram grosseiros, mas exibiam agradecimentos por encontros, elogios rasgados, coraçõezinhos, convites para sair, fotos em que se exibia na caminhada da praia, na academia, em restaurantes, seguidas de dezenas de comentários elogiosos e sensuais.

Não tive tempo para pensar. A indignação que eu sentia era tão grande que liguei na hora e, aos berros, nem o deixei tentar explicar. Me sentia traída, exposta, desrespeitada.

Nunca fui ciumenta. Nem quando era adolescente. E o que eu sentia não era ciúme. Era ódio. Ódio porque ele me fez parecer uma mulherzinha idiota. Ódio porque ele interrompeu meu sonho de ter um companheiro ao meu lado. Ódio porque não percebi o babaca que ele era e embarquei numa fantasia como se eu fosse adolescente. Ódio porque minha filha teve que participar dessa descoberta junto comigo. Eu me sentia traída, diminuída, revoltada e infeliz.

Umas semanas depois, ele tentou se reaproximar. Disse que não tinha ideia do que era aquilo tudo. Garantiu que nunca teve nenhuma rede social, que, se eu quisesse, ele me dava a senha do celular dele, para eu vasculhar. Desesperado, ele sugeriu que aquilo só poderia ser coisa da ex-mulher, que não se conformava com a nossa relação.

Nem deixei que ele terminasse. Mesmo profundamente triste com o fim de um amor que eu imaginava ser para o resto da vida, mesmo me sentindo carente e intuindo que seria impossível me relacionar outra vez, mandei ele embora educada e ironicamente. Ele que fosse testar a capacidade de seduzir com quem se submetesse às mentiras que ele queria contar.

A dor de amor não é menos intensa quando a gente amadurece. Mas não paguei tantos anos de terapia para repetir os mesmos erros. Saber era melhor do que não saber. Continuo sofrendo e sinto a falta do amor que eu tinha, e que era real. E me pergunto se será possível que os relacionamentos sobrevivam às redes sociais.

O que os olhos não veem...

– Poxa, doutora... assim a senhora quer me deixar mal, né? Como é que eu posso fazer isso com meu melhor amigo, e logo agora que ele nem pode se defender?!

– Não precisa falar bem nem mal, seu Jerônimo. Só perguntei qual era o endereço do José. Você não frequentava a casa dele?

Não só frequentava, como também era seu melhor amigo. Confidente, parceiro, padrinho de dois dos quatro filhos de Zé Pernambuco. Aquilo não era coisa que se fizesse com um irmão. Enfartar, no acostamento de uma estrada, aos 54 anos, sem tempo para organizar a própria vida nem inventariar o confuso espólio da fugaz existência.

Poucos minutos antes da audiência, ouvi, ainda no corredor, que aquela era a história oficial. Zé, José Henrique Silva, que todos conheciam por Zé Pernambuco, na verdade enfartara num quarto de motel e de lá foi retirado com o auxílio dos muitos amigos, que, solidários, tentavam poupar a família de um sofrimento ainda maior.

Quando morreu, não estava com Marta nem com Eliana, as duas mulheres que disputaram a cabeceira do caixão e o título de viúva oficial. Agora, ali, na Justiça, pretendiam ser reconhecidas como companheiras para receber a aposentadoria do Banco do Brasil pela morte do amado e herdar as três casas construídas num mesmo terreno.

Ambas fulminavam a primeira testemunha a cada pergunta respondida. O melhor amigo, Jerônimo, foi intimado pelas duas para depor, porque tanto uma quanto a outra acreditavam que ele era peça-chave para esclarecer quem era a matriz, quem era a filial.

Marta e Eliana tinham razão de sobra para não duvidar da lealdade de Jerônimo, pois, além de frequentador assíduo de suas casas, partilhava da intimidade dos casais e era padrinho de dois filhos de Zé Pernambuco, um com cada mulher.

O que se via, no entanto, eram o assombro, a admiração e o ódio refletido no olhar das duas viúvas, ao presenciar, depois da morte, o indesejado fenômeno da ressurreição de um homem desconhecido, cheio de segredos e portador de uma vida dupla inimaginável, ao menos para elas.

Desafiando a lei mais básica da física, o depoimento do amigo comprovou que Zé Pernambuco podia ocupar, ao mesmo tempo, ao menos dois lugares no espaço. E coube a Jerônimo, coitado, ser o mensageiro da surpreendente notícia.

O finado foi casado com Marta durante catorze anos e com ela teve dois filhos. Divorciaram-se e, como ela disse na audiência sorrindo e suspirando, não conseguiram ficar separados nem oito meses. O reencontro apaixonado e mais um filho no caminho foram a senha para a reconciliação.

Zé Pernambuco conheceu Eliana no curto período da separação de Marta, oficialmente divorciado. Era o homem que qualquer mulher esperava na vida. Zé mandou uma rosa por dia para o trabalho de Eliana, até que ela concordasse em sair com ele. Tinha fama de mulherengo, e ela morria de medo de não resistir.

Em menos de dois meses já dividiam um mesmo teto. Não demorou para que Eliana realizasse o sonho de ter um filho. Ela era a mulher mais feliz do mundo, conforme me reportou. Viveram juntos por quase quatro anos e, agora, uma menina, única filha de Zé, nasceria nos próximos meses, sem ter conhecido o pai que tanto a desejou.

No começo da audiência, a hostilidade era visível. Os filhos mais velhos de Marta acompanhavam a mãe. Os caçulas, ambos com três anos, um de cada mãe, na falta de companhia para ficar em casa, também entraram na sala. Riam e brincavam como irmãos, não como até então desconhecidos um do outro.

Aquilo parecia tudo menos uma sala de audiências. Em cima da mesa, brinquedos, biscoito, água, ressentimento e raiva. Tudo misturado.

Durante quase quatro anos, Zé Pernambuco viveu com as duas mulheres. Moravam em bairros distantes, e nenhuma imaginara a possibilidade de ter sido apenas meia companheira.

À medida que a audiência avançava, as lacunas deixadas ao longo da vida nos dois relacionamentos eram preenchidas, como num jogo de adivinhação: a promoção no banco, que exigiria muitas viagens e reuniões nos horários mais inusitados, nunca existiu. Os incontáveis congressos, seminários, treinamentos também não. A noite de Natal e o almoço de Páscoa não eram os certificados de estabilidade em uma casa. Nem o almoço de Natal e o lanche da Páscoa eram a garantia de normalidade na outra.

As duas mulheres nunca estranharam essa vida de intervalos, e Zé nunca se mostrou estranho, preocupado, diferente. Recebia amigos nas duas casas, sempre carinhoso, de sorriso aberto. Estava disponível, material e emocionalmente, para as duas famílias.

Enquanto as outras testemunhas prestavam depoimentos, o ódio e a intolerância que as mulheres destilaram no início da audiência foram dando lugar à identificação e até à solidariedade. Não foram poucas as vezes em que todos gargalharam, ouvindo as histórias do falecido.

Fiquei intrigada com a naturalidade com que as mulheres acreditavam nas mentiras. Como se conformavam com as ausências nos fins de semana, nas férias? Como viveram quase quatro anos com o tempo fragmentado e a presença sempre insuficiente do parceiro?

Ele era tão intenso quando aparecia que as viagens e os compromissos frequentes, mesmo inventados, e a promoção inexistente para fiscal de todos os municípios da região, que o impedia de dormir em casa diariamente, eram aceitos sem questionamento.

Percebi, então, que nenhuma delas queria enxergar o óbvio, numa confirmação velada de que aquilo que os olhos não veem o coração não sente.

Se a morte encerra mistérios e é capaz de transformar em herói o político mais abjeto ou em santo o pior dos pecadores, por que no caso de Zé Pernambuco a lógica seria outra?

O que desqualificava Zé, pensando bem, não era a vida dupla que ele escolheu viver. O amor que dedicou às suas famílias era reconhecido, mesmo agora envolto em tanta raiva, depois da revelação. O constrangimento foi cedendo espaço à compreensão tão logo ambas perceberam que haviam sido vítimas do mesmo segredo por ele tão bem guardado e administrado.

A construção social, cultural e jurídica da monogamia impedia que generosamente se abraçassem. O instinto de preservação da prole e o amor inabalável que ainda sentiam por Zé, no entanto, permitiram que, num acordo, dividissem a pensão do INSS, o seguro de vida e doassem as casas para os cinco filhos, garantindo a elas o usufruto dos imóveis enquanto vivessem.

Desconstruído o Zé de cada uma, perdoaram aquele que existiu e que não podia, nunca mais, mandar flores ou seduzir nem Marta nem Eliana.

Impossível era perdoar Jerônimo, o causador de tantas dores. Marta e Eliana, as viúvas de Zé Pernambuco, deixaram a sala, olhando para o compadre com desprezo, elegendo-o o mais covarde e o mais safado homem do mundo.

Amigo é pra essas coisas, pensou Jerônimo, conformado, antes de rir e também sair.

Quem cuida dele?

– Você não precisa fazer isso, Camila. Por favor...

A audiência mal havia começado. Bruno e Camila eram casados havia quase 23 anos e tinham um filho de dezoito. Era um divórcio consensual, sem sintomas de grandes conflitos ou complicações. Bastavam duas assinaturas e era o fim. Mas a caneta estancou na mão da mulher, e a tinta congelou com a temperatura do seu sangue e da sua indignação.

Apesar do visível constrangimento de Bruno, que tentava evitar que ela prosseguisse com as ameaças, Camila continuou:

– Já contou pro seu filho? Ele já sabe que vai encontrar seu namorado morando na sua casa quando for passar o fim de semana com você?

Olhando para a mesa, calmo, mas constrangido, ele suplicou em voz baixa:

– Assina, por favor. Vamos acabar logo com isso. Esse problema é nosso, e já estamos resolvendo.

Não era essa, no entanto, a leitura de Camila.

– Doutora, como eu faço pra proibir que o meu filho frequente a casa dele?

Encarando Bruno, cabisbaixo, ela prosseguiu:

– Nem preciso me preocupar com isso. Você acha que seu filho vai querer te ver depois que souber que o pai virou veado?

Sem reação verbal, Bruno levantou o rosto pela primeira vez e me lançou um olhar, suplicando por socorro.

Interrompi Camila, que compulsivamente acusava Bruno de ter aniquilado sua vida e de toda a família.

– Olha, aqui é apenas uma audiência para resolver o divórcio. Nisso os dois estão de acordo. Os problemas que vocês precisam administrar não são jurídicos. Vamos, então, poupar tanto sofrimento e abreviar a burocracia?

Mas Camila não estava mesmo disposta a nenhum resumo. Seu objetivo era massacrar Bruno diante de uma plateia que ela acabara de eleger.

Não era fácil encarar o que estava vivendo. Durante três anos, Bruno se submeteu a um tratamento para uma doença grave diagnosticada com dificuldade. Algumas internações longas, o risco de morte iminente, até a cura havia menos de um ano.

Quando ela imaginou que a vida fosse retomar seu rumo de normalidade – como se existisse normalidade possível na vida –, Bruno sai de casa para viver com um amigo. O mesmo amigo que, durante a doença, dividia com Camila o desgaste de passar noites insones na cabeceira do marido, em diversos hospitais e clínicas.

Ela nunca desconfiou de nada. Era um alívio poder dormir na companhia do filho e cuidar da casa, algumas noites, sabendo que Bruno estava amparado por um amigo com quem tinha afinidade e segurança. A sua gratidão por Pedro era eterna.

Mas daí a ser trocada por ele, isso ela não admitia. Nem na noite em que Bruno quase morreu sentiu uma dor parecida.

Bruno, chorando, comunicou à mulher que a estava deixando. Aproveitou um fim de semana com o filho fora de casa, arrumou duas malas e saiu. Foi a decisão mais difícil da sua vida. O confronto com a morte desencadeou a determinação de que precisava. Não era uma história antiga, mas era urgente.

Nunca tinha vivido uma experiência com outro homem. Repetia essa frase muitas vezes. Tentava se justificar. Tentava minimizar a dor da mulher.

– Aconteceu, doutora. Não foi culpa minha. Se eu pudesse escolher, a senhora acha que eu ia estar passando por isso?

Tive certeza de que não. Ninguém, se pudesse, estaria passando por aquela experiência. Nem Camila, que merecia serenidade depois da montanha-russa em que tinha se transformado sua vida nos anos de doença do marido. Nem Bruno, que, curado, merecia usufruir com qualidade as escolhas que quisesse fazer. Nem eu, que fiz um concurso para decidir questões objetivas das separações e ali assistia, como espectadora da alma humana, a uma tragédia, sem saber o que fazer ou o que falar para aliviar tantas dores.

Percebendo a angústia de Bruno, Camila mudou o tom. Falou, agora serena. Foi até carinhosa:

– Bruno, a gente passou pela vida juntos. Eu sei que você tá assim por causa da doença. Tenho certeza que isso vai passar. Eu espero. A gente supera isso. Juntos.

Bruno não queria tentar. Tinha convicção da sua escolha. Tinha sido muito difícil chegar àquele ponto. Não se permitiria voltar atrás.

Camila foi a grande mulher da sua vida. Ele a amou. Com ela viveu seus melhores momentos. Tinham um filho que adoravam e admiravam. Era profundamente grato à mulher pela cumplicidade, principalmente nos anos difíceis da doença. Eram pessoas íntegras. Sempre se respeitaram. Com o tempo, ela entenderia que era em nome da lealdade que ele assim decidia. Amava outra pessoa. Só isso.

Percebi, naquele momento, que a maior dor de Camila não era o fato de ter sido trocada por um homem. O que a dilacerava era o fim do amor. Não tinha jeito. Só o tempo.

Ela concordou em assinar o divórcio e resolver de uma vez ao menos a parte legal do conflito. Sugeri que eles procurassem um terapeuta. Era necessário para a inserção do filho adolescente naquele novo desenho das relações familiares.

O silêncio profundo permitia que se ouvisse a tinta da caneta deslizando sobre o papel durante as assinaturas.

Camila ainda encontrou espaço para a última pergunta:

– Doutora, quem é que vai cuidar dele quando ele precisar?

Nada falei, mas pensei: há momentos, Camila, em que cada um cuida de si. Desejei, silenciosa e verdadeiramente, que eles superassem tanta dor.

Tive certeza, no entanto, de que a pergunta final de Camila era mesmo a porta entreaberta que ela deixava para o caso de Bruno escolher voltar.

Era só o que faltava...

– Não vou ouvir nenhuma das testemunhas. Estão dispensadas.

Sob o olhar incrédulo do advogado, decidi que os seis amigos de Sebastião Arruda, intimados para a audiência, não seriam sequer convidados a entrar na sala.

Era uma tática conhecida até o início dos anos 1990. Para se defenderem, nas ações de investigação de paternidade, alguns homens levavam amigos para depor, e todos afirmavam que se relacionaram sexualmente com a mãe da criança. Na impossibilidade de se determinar, naquelas condições, quem era o pai, o pedido era rejeitado.

Tudo era muito natural e aceito pela sociedade de então. Até o fato de um homem casado não poder reconhecer filhos fora do casamento. O país saíra recentemente da ditadura, e os novos valores constitucionais ainda estavam em fase de consolidação.

Foi, portanto, com surpresa que o advogado de Sebastião insistiu.

– Isso é cerceamento do direito de defesa, Excelência!

Ele gritava, na tentativa de me intimidar. O clima, na cidade, era de terror. Na semana anterior, um oficial de justiça havia sido morto quando tentava intimar um dos mais conhecidos moradores da região para um processo de execução.

Embora certa da decisão que tomara, eu precisava assumir com autoridade aquele espaço. Estava começando na carreira, em uma cidade interiorana. Sentia algumas inseguranças naturais do começo de qualquer trabalho novo. Naquele momento, no entanto, uma certeza era absoluta: jamais deixaria aquela mulher passar pela indignidade de ser humilhada. Não admitiria participar de uma simulação daquela natureza.

Respirei fundo. Falei com voz baixa e firme:

– Recorre, doutor. É seu direito. Alguma outra prova?

Sebastião, incrédulo, me encarava com a arrogância de quem acreditava ser o dono da cidade. Meu primeiro contato com ele havia sido poucas semanas antes, quando, solícito, foi ao fórum me dar as boas-vindas. Confesso que havia deixado uma má impressão. Sua figura, embora de carne e osso, mais parecia com uma caricatura ou um personagem saído dos livros de Jorge Amado.

Sua reação denunciava a irritação de quem vive acostumado a ser servido pelo poder público e não se submete a qualquer comando que não prestigie o seu interesse próprio.

Difícil tentar compreender, nos dias de hoje, o significado de uma mulher, solteira, humilde, em uma cidade de interior, ainda dominada por coronéis, ter a ousadia de procurar a Defensoria Pública e enfrentar um dos maiores fazendeiros da região para garantir o sustento de seu filho de três anos.

Maria das Graças permaneceu cabisbaixa o tempo todo. Parecia sentir medo.

Ela tinha certeza de que Sebastião era o pai. Só havia se relacionado com um único homem nos últimos cinco anos. No começo, ele ajudava. Um dia, Maria das Graças o repeliu porque ele estava muito bêbado. Ele quebrou a casa toda. Foi embora e nunca mais deu nada. Ela não tinha família nem ajuda de ninguém. A vizinha disse que Maria devia ir à Justiça. Era direito do filho. Ela, a vizinha, testemunharia em seu favor.

Embora todos soubessem da gravidez e do relacionamento do casal, apenas dona Catita, uma senhorinha miúda, corajosa e firme, ousou prestar depoimento como testemunha. O marido e o filho foram mortos numa emboscada. Não tinha nada a perder, como disse durante a audiência.

As provas eram precárias: a assinatura de Sebastião na ficha de entrada da maternidade, algumas contas da farmácia assinadas por Maria para que ele pagasse.

Não havia exame de DNA possível na ocasião. O exame de sangue realizado servia apenas para não excluir a paternidade.

Mesmo sem provas conclusivas, minha decisão já estava tomada. Mandei entrar a criança. Por um desses mistérios inexplicáveis, Juliano era a cara do pai. Cuspido e escarrado.

– Olha pra esse menino, seu Sebastião. Olha o nariz e o buraco no queixo. O senhor tem coragem de dizer que ele não é seu filho?

Era impossível que Sebastião negasse os fatos. Mas ele não se conformava com a obrigação. Não perderia um processo para uma mulher como aquela.

– Era só o que faltava, doutora... A gente ter que reconhecer tudo que é filho que faz por aí... E se os outros vierem também?!

– Se eles vierem, seu Sebastião, o senhor vai ter que reconhecer todos eles. Os tempos são outros. A lei mudou.

Mas o homem não se dava por vencido. Tinha certeza de que iria me convencer. Prosseguiu:

– Quem teve o filho foi ela. O que é que a senhora queria que eu fizesse? Sou um homem de respeito. Sou casado. Tenho família.

A insistência foi me irritando de tal forma que resolvi abreviar a conversa. Julguei o processo ali mesmo, na presença de todos. Fiz questão de escolher cada palavra da sentença para que traduzisse toda a minha indignação pela falta de sensibilidade e de sensatez daquele homem arrogante, que representava o que de pior eu podia reconhecer em um ser humano.

A concepção é um processo que depende de dois. Se o homem não quer correr o risco de um filho indesejado, que use preservativo ou se submeta a uma vasectomia. Ao delegar a responsabilidade para a mulher, assume o ônus de se ver obrigado a exercer a paternidade e pagar pensão alimentícia.

Assim, fundamentei parte da sentença, ditando lentamente as palavras para que fossem assimiladas pelo revoltado pai. No final, determinei a inclusão do seu nome na certidão do menino e o condenei ao pagamento de alimentos.

Encerrei a audiência com a sensação de ter feito justiça para Maria das Graças e seu filho. Percebi a contrariedade na forma com que Sebastião Arruda e seu advogado deixaram a sala.

No caminho de volta para casa, atravessando os campos e pastagens da região, percebi o quanto havia sido imatura na condução daquele processo.

Era compreensível a resistência de Sebastião. Vivera quase sessenta anos sob a lógica do arbítrio e não conhecia as possibilidades que se abriam no mundo.

As montanhas que cercavam os pastos da região funcionavam como um anteparo aos novos ventos que se anunciavam. Sebastião nasceu e foi criado aprendendo que a virilidade é uma qualidade e que os filhos são o reflexo do seu poder. Podia ter muitos filhos. Devia sustentar apenas os "legítimos".

Eu não precisava tê-lo humilhado, decidindo o processo em audiência e expondo, publicamente, o início do seu declínio como homem e como poderoso que acreditara ser até então. O resultado teria sido o mesmo.

Era uma sorte que eu estivesse começando. Era uma sorte ter tido a percepção de entender que as mudanças faziam parte de um destino inexorável e que eu não precisava me comportar como quem detém o monopólio da verdade.

Lembrei-me de Sebastião reclamando. Lembrei-me de sua exclamação: "Era só o que faltava!..."

Faltava ainda muito mais. Era só o começo de um novo tempo e de um novo modelo de família e de paternidade. Era só o começo de um novo tempo de ética e de responsabilidade. Para mim, aquela experiência era só o início da compreensão de que as bandeiras e palavras de ordem serviam menos do que as ações para transformar a vida.

Sagrado é um samba de amor

Rosália e Nelson se conheceram numa roda de samba. Uma morena dos olhos de jabuticaba, que tocava pandeiro e não saía do boteco antes da quarta ou quinta saideira, era a cabrocha dos sonhos de qualquer um daqueles homens que varavam a madrugada sem pressa e sem sono, ao som do cavaquinho.

A primeira vez que Nelson a viu, evitou o encontro do olhar, afinal quem trouxera a morena pra roda foi seu compadre, e não era certo um amigo desejar a mulher do outro.

– Né, não, doutora?

Eu ouvia tão atenta a história que aquele senhor grisalho de sorriso largo me contava que cheguei a esquecer que estava presidindo uma audiência de divórcio e que aquele casal, sentado à minha frente, era a morena do pandeiro e o mestre do tamborim de outrora.

Ela pediu o divórcio e disse que estava separada de Nelson havia mais de dois anos. Era o que bastava, na época, para o pedido ser reconhecido: dois anos de separação de fato, sem qualquer esclarecimento quanto aos motivos ou culpas que levaram ao fim do casamento.

A lei presumia que, passado tanto tempo, todos os conflitos estariam solucionados e a ferida cicatrizada.

Para que discutir a relação àquela altura do campeonato? Cada um para o seu lado, só restaria ao Estado regularizar a situação, liberando cada qual para seguir a sua estrada.

A velocidade da vida impôs mudança na lei. Atualmente, não é mais preciso esperar dois anos. Com cicatriz ou sem cicatriz, com reflexão ou sem reflexão, o divórcio pode ser decretado em minutos.

Se, por um lado, isso significou celeridade e desburocratização, por outro, no dia a dia, o que se percebe é que a rapidez e a superficialidade com que as pessoas se unem e se separam indicam o quanto a contemporaneidade tem impedido a criação de vínculos consistentes e o comprometimento afetivo, inclusive para a experiência do luto daquele que ainda ama e precisa do tempo para digerir o fim do amor.

Enfim, Darwin já alertou que, na vida, não sobrevive o mais forte ou o mais inteligente, mas aquele que tem maior capacidade de adaptação. E assim seguimos, adaptando-nos aos novos tempos e às novas velocidades.

Tudo isso passou pela minha mente antes de perguntar a Rosália se ela tinha como demonstrar que estava separada de Nelson havia mais de dois anos.

– Eu não tenho prova, não, doutora. Mas eu sou evangélica e não minto. A gente mora na mesma casa, mas é cada um no seu quarto há mais de três anos.

O fato de morar na mesma casa não era impedimento para se reconhecer que o casal não divide o mesmo leito, mas, ainda assim, a comprovação era necessária.

– Vocês têm algum familiar, algum empregado, vizinho, qualquer pessoa que saiba que estão separados de fato?

– Eu posso pedir pro meu pastor testemunhar. Ele sabe da minha vida toda, e eu preciso desse divórcio por causa da igreja.

Nelson, nessa hora, interrompeu:

– Ela não tem vontade própria, não, dona juíza. Ela gosta de mim, mas tem medo do pastor.

Prossegui, então:

– A senhora quer mesmo o divórcio? Não gosta mais dele?

— Gostar até gosto. Trinta anos é a vida toda, mas ele não muda, doutora. Eu já disse que, se ele largasse o samba, a cerveja, a gente nem precisava separar.

— Largar o samba como? – interrompeu Nelson. – Vamos viver do quê?

E aqui ele começou a contar a vida do casal. O primeiro encontro. Os bailes e as rodas nos bares. Rosália era uma pandeirista de primeira, parceira insubstituível. Trabalhavam juntos todos os fins de semana. A casa foi comprada com dinheiro das apresentações. O samba propiciou uma vida confortável, digna e cheia de alegria.

Foi um orgulho para Nelson provar à família de Rosália que era, sim, possível viver de amor e samba.

A conversão de Rosália veio com a morte da mãe. Inconsolável, foi acolhida por um pastor que a orientou espiritualmente e arrefeceu a dor dilacerante.

A partir de então, ela enxergou a luz, e era impossível conciliar a nova vida com bebidas, bares, samba e bagunça. Definitivamente, aquilo não era o desejo de Deus.

Nos primeiros meses, Nelson se sentiu no inferno, tamanha era a insistência para a sua conversão. Depois, foi aprendendo a retomar seu trabalho sem a companheira inseparável e, por fim, sempre de bom humor, resignou-se à solidão tanto no samba quanto na cama.

Não tive dúvidas. Suspendi a audiência e marquei nova data com a presença do pastor.

No primeiro momento, o casal aguardou do lado de fora.

— Antes de começar, eu gostaria de agradecer a sua disponibilidade, pastor, porque estamos diante de um problema que, tenho certeza, com a sua ajuda, poderemos resolver.

Solícito e com a autoestima reforçada, ele assentiu.

— Cada um tem a sua fé, e eu respeito profundamente todas. Tenho certeza de que o senhor também.

— Claro, Meritíssima.

– Sei que nenhum deus, de nenhuma religião, pode ser contra o amor, concorda?

– Claro, Meritíssima.

– Esse casal que aguarda no corredor só veio se divorciar porque o senhor teria orientado a mulher nesse sentido, e, como eu tenho certeza de que o senhor jamais faria isso, pedi que viesse aqui para explicar a ela que o marido pode continuar trabalhando no samba.

Ele me olhou, desconcertado, e fingiu que não entendeu. Dei, então, o argumento final:

– Pastor, esse casal vive da música. Se ele parar de tocar, ela não terá dinheiro nem sequer para contribuir com as obras da igreja que ela tanto preza. Se não for incômodo, vou fazê-los entrar, e o senhor esclarece que qualquer trabalho honesto é divino e que, se preferir, ela não precisa ir, mas não é obrigada a se separar por esse motivo. Pode ser?

Ele concordou. Esclarecidos os fatos, Nelson voltou para o samba, e Rosália, sem pandeiro, voltou para a cama.

Pecado é uma vida sem samba, sem fé e sem amor.

Cale-se
para sempre

Quando a menina de corpo franzino entrou na sala de audiências, vestida de cor-de-rosa da cabeça aos pés, a primeira impressão foi de um equívoco. Não podia ser ela, Caroline, a jovem de quinze anos que pretendia se casar.

Espevitada, antes de se sentar, perguntou se eu não precisava usar aquela roupa preta de juiz. Queria ser juíza quando crescesse. Sempre se imaginou com uma peruca branca e um martelo na mão encerrando a sessão.

Um pouco frustrada com a arquitetura e o ambiente forense – totalmente distantes das suas idealizações –, Carol se conformou com a informação de que tudo no cinema norte-americano é diferente da vida no Brasil.

Parecia uma reunião preparatória de primeira comunhão, não a de um casamento. De um lado, ela, sentada entre os pais, e, do outro, Dudu, dezoito anos, também acompanhado da mãe, apesar de, para a lei, já ser maior de idade.

Namoravam havia oito meses e estavam perdidamente apaixonados. Era o primeiro grande amor de ambos, e juntos iniciaram a vida sexual. Era, também, a primeira gravidez. Sabiam que filho se fazia assim. Sabiam, ainda, dos riscos de uma doença sexualmente transmissível.

Equivocaram-se foi no alcance da fé, pois acreditavam, com todas as forças, que isso não acontecia tão facilmente, e muito menos com eles próprios.

A mãe de Dudu também estava grávida, e, aos sete meses de gestação, custava a acreditar que o filho já fazia aquelas coisas que ela ainda fazia – e bem, segundo a própria fez questão de informar, rindo.

A mãe de Carol levou um baque no começo. Era difícil imaginar que sua filhinha, que até ano passado brincava com bonecas, teria, em breve, seu próprio bebê.

Nenhuma preocupação com informações ou orientações.

– Isso eles nascem sabendo, né, doutora?

Não é, não. Lamentavelmente. E agora, aos quatro meses de gravidez, Carol e Dudu precisavam da minha autorização para poder casar, coisa que o pai dela achava absurdo.

– Se a filha é minha, eu autorizo se quiser. Não precisava que a senhora se metesse nisso.

– Sabe, seu Pedro, se não precisasse, eu juro que não decidia. Mas precisa, sim. A lei manda que seja desta forma. No tempo da minha avó é que era desnecessário.

Na verdade, minha avó se casou aos catorze anos e embarcou num navio para o Brasil, sem conhecer a língua, sem conhecer a vida, sem conhecer sequer o homem de quem só se separaria com a morte.

Eu olhava para a meninota e custava a acreditar que ela tinha um ano a mais que minha avó no dia do seu casamento. Acho que naquele tempo se envelhecia na adolescência.

Tanto os pais de Carol quanto a mãe de Dudu achavam natural que eles se casassem. Eram vizinhos – o casal moraria ora numa casa, ora em outra, até que pudesse ter o próprio canto. Dudu era motoboy, e as famílias ajudariam com as despesas. Carol pararia de estudar, pelo menos no começo, para amamentar e cuidar da criança. Depois, se conseguisse uma creche, voltaria para a escola ou procuraria um emprego.

A festa já tinha data marcada, e uma revista de noiva, cuja capa aparecia em cima da mesa de audiência, denunciava os planos da mãe de Carol. Ela pretendia cuidar de todos os detalhes para que a filha tivesse as núpcias de uma princesa.

Eu olhava para aquelas duas crianças sentadas na minha frente e não conseguia acreditar que nenhum dos adultos responsáveis cogitara a possibilidade de o casamento não acontecer.

Percebendo que o pai não participava com igual entusiasmo dos preparativos, perguntei:

– Seu Pedro, o senhor também está de acordo com esse casamento?

– Olha, doutora, gostar eu não tô gostando muito, não. Mas essa barriga logo vai aparecer. Então, é melhor resolver logo isso.

– Então o senhor acha que eles devem casar porque ela engravidou?

– Não tem que ser assim, doutora? Fizeram a bobagem. Agora têm que assumir.

Resolvi, então, ouvir diretamente da boca de Carol e Dudu o que eles pensavam ou pretendiam com um casamento apressado, e o que ouvi foi o suficiente para que a minha decisão, já tomada em silêncio, ecoasse pela sala, sob o olhar incrédulo dos familiares envolvidos.

– Eu não autorizo o casamento.

O anúncio foi seguido de um choro desesperado do projeto de noiva. Dirigi-me diretamente para ela:

– Caroline, você não acabou de me dizer que achava muito cedo para se casar e que preferia ter seu filho, estudar e continuar namorando?! Não foi também a sua conclusão, Dudu?

Entre soluços e gaguejos, transpareceu a maior e única preocupação do casalzinho. Sem casamento, o pai de Carol não os deixaria dormir juntos, pelo menos enquanto a menina estivesse na sua casa.

– Seu Pedro, eu sei que não foi isso que o senhor planejou para a sua filha. Sei também que nem sempre a vida acontece do jeito que a gente imagina. Eles já dormiram juntos. Ela está esperando um filho. Isso não é um problema. Problema será essas duas crianças começando uma vida sem um mínimo de estrutura. Melhor deixá-los namorar. Acolhe seu neto. Se mais pra frente eles continuarem querendo casar, aí, sim, o senhor faz a festa. A probabilidade de um casamento acabar se começar desse jeito é praticamente de 100%, e logo, além do filho e dos problemas que já existem, a Carol ainda vai voltar para casa com o peso de uma separação desnecessária.

Pedro olhava para a mulher buscando consentimento para fazer o que já desejava.

Autorização negada, com a compreensão dos noivos e dos seus pais, eu me senti aquele personagem que chega na hora em que alguém precisa interromper uma cerimônia e revela que sabe algo que pode impedir aquele casamento. Se eu me calasse para sempre, dificilmente dormiria tranquila.

Antes do término da audiência, seu Pedro, incomodado, não sabia o que dizer para a vizinhança e para o resto da família.

Tranquilizei-o:

– Põe na minha conta, seu Pedro. Diz que a Justiça é complicada mesmo e que a juíza proibiu o casamento. Se alguém reclamar, manda passar aqui.

EDUARDA, 36 anos

Ele não tem direito de me acusar de irresponsável. Nem de me culpar pela tragédia que estamos vivendo.

Nos divorciamos há uns seis anos, e nunca, nunca mesmo, tivemos qualquer problema. Lelê sempre dormiu onde quis. Na minha casa ou na casa do pai, onde ela escolhesse.

De uns tempos pra cá, ela começou a ficar direto na minha casa. Ela já tem dezesseis anos, não precisa mais de babá, nem da gente grudado nela o tempo todo. Acho que ela preferia assim, porque era perto dos amigos, da escola.

Ele diz que eu não cuidei dela, que só estava preocupada em viver minha vida, mas, quando Letícia ia pra casa dele, não era nada diferente. Aliás, era pior. Porque lá ela tinha mais liberdade do que aqui, pra levar os amigos, fazer as festinhas dela.

Não percebi nada de diferente. Nadinha. Era normal o tempo todo no quarto ou no celular. Também não achei nada grave quando ela começou a enrolar para ir ao colégio. Eu também era assim. Como é que eu ia adivinhar a dor que essa menina sentia?

Na noite em que ele me ligou do hospital, nem sei como consegui sair de casa e chegar lá dirigindo. Tento me lembrar do caminho, mas só me lembro da hora em que a encontrei, desmaiada, já no soro.

Eu enlouqueci. Comecei a gritar, gritei com ele. Como é que ele deixava tantos remédios no banheiro?! Como ele não impediu que ela fizesse essa loucura?!

Não saí um segundo do hospital. Por que, meu Deus? Ela tem tudo, é linda, cheia de amigos, é superfeliz.

Depois que ela melhorou é que fui saber que ela ficou com vergonha de me pedir ajuda. Logo pra mim? Sou amiga dela, parceira. Vergonha de quê?

Letícia achou que ia resolver sozinha. Um babaca, com quem ela ficava de vez em quando, gravava com o celular dela quando eles transavam. Nunca vou entender esse fetiche, mas essa garotada acha normal, fazer o quê?

Só que ele ficou com cópias da gravação. Quando ela não quis mais sair com ele, além de ele começar a assediá-la nas redes, começou a ameaçar minha menina. Se ela tivesse me falado, eu acabava com a raça do misógino de merda, na hora.

Mas ele enviou os vídeos para os amigos. Lelê, em vez de me contar, resolveu botar a boca no trombone no Instagram dela. Eu não vi, porque ela me bloqueia nas redes sociais. Coisa de adolescente, né?

Mas os apoios que ela ganhou foram menores do que a avalanche de crueldade. Eu chorei dias seguidos depois de ter acesso às mensagens. Como tem gente ruim no mundo. Letícia não aguentou as agressões, a vergonha. No colégio, já sabiam que estava rolando bullying. Disseram que iam me ligar na semana seguinte. Não é possível que nenhuma amiga, nenhum professor tenha se tocado ou tentado interferir.

Agora, ela está na terapia. Eu também. Vamos superar, tenho certeza. Só não acredito que o pai entrou na Justiça querendo a guarda unilateral dela. Eu sei que, aos dezesseis anos, ela pode escolher, mas é uma decepção ele querer me culpar. Se alguém tem culpa, é ele, que estava com ela na hora em que ela... nem consigo falar sobre isso.

Na audiência, com uma mediadora ótima, resolvemos os três fazer umas sessões de terapia juntos. Tomara que dê certo.

Eu sei que não quis ser mãe, que eu só tinha vinte anos quando Lelê nasceu, mas também sei que não tem no mundo quem a ame mais do que eu. Posso parecer egoísta, infantil, mas eu viro leoa pra proteger minha filha.

Doença inventada não cura

"Que coisa boa reencontrar vc. Não vamos mais nos perder. Ainda bem que a gente era feliz e sabia. Bj."

Se aquela mensagem tivesse sido postada na página do Facebook do seu marido, por uma ex-namorada da adolescência, poucos anos antes, a reação não seria tão excessiva.

Quarenta anos de idade e vinte de casamento deixaram efeitos devastadores na vida de Marília. A dura percepção de que, das leis da física, a mais concreta, no seu caso, era a da gravidade, empurrando tudo para baixo, a transformava na mulher mais insegura do mundo, embora não tivesse motivos racionais para tanto.

O filho foi para a faculdade em outra cidade. Otávio vivia a maturidade profissional, e uma promoção à diretoria o obrigava a viagens frequentes. Com a casa vazia, Marília tinha tempo para se dedicar aos seus projetos de jardinagem. Sempre reclamou do excesso de movimento e de obrigações domésticas. Sonhava com o dia em que poderia ocupar, sem culpa, o seu ateliê, sem hora para almoço, supermercado ou problemas com a empregada.

Fosse a vida previsível e os desejos humanos estanques, aquele seria o seu momento mais perfeito. No entanto, o silêncio era ensurdecedor. A falta de desculpas para começar o que tinha planejado deixava Marília responsável pelo seu destino. Era insuportável não ter para quem terceirizar suas insatisfações.

O mau humor, no começo pontual, passou a crônico. Por mais compreensivo e generoso que Otávio fosse, ainda não havia sido canonizado. Vez ou outra perdia a paciência com as intervenções inoportunas da mulher. Tão logo ele se descontrolava, Marília assumia o comando com acusações do tipo "você anda muito grosseiro comigo" ou "precisa disso tudo por causa de uma bobagem?". Comentários que aprofundavam mais e mais a insatisfação.

Ainda fibrilando com a explícita declaração de amor de outra mulher, mais acelerada ficou quando percebeu que a postagem no Facebook podia ser vista por todos os conhecidos.

Sentia-se velha, muito mais próxima dos sessenta do que dos vinte anos, desnecessária para o filho, ranzinza com o marido. Ele não tinha o direito de expô-la daquela maneira. Viviam uma crise, é verdade, mas jamais imaginou a possibilidade de ser traída.

Sem qualquer reflexão, pegou o telefone e "desmascarou" Otávio para as amigas mais próximas. Insensível, traíra, desleal. No momento em que ela se sentia mais frágil, ele decidira se lançar numa aventura do passado.

As amigas mais ponderadas sugeriam que ela conversasse com calma antes de qualquer decisão. As outras cobravam uma atitude imediata. "Ela sempre foi mulher demais para ele." "Era previsível que isso fosse acontecer."

Como Otávio só retornaria em três dias, Marília achou melhor não tocar no assunto de longe. Apenas com ele, pois a família e os conhecidos já sabiam.

Não satisfeita com o circo armado, sem que o palhaço imaginasse o enredo que encontraria no picadeiro, Marília fez mais. Ligou para o marido da fulana e, chorando, revelou o caso que ela estava tendo com seu companheiro.

Na audiência, percebi que Marília não estava muito convicta da separação, embora tivesse ajuizado a ação. O tempo todo ele negara o caso, o reencontro, a traição. No começo, Otávio resistiu ao divórcio, mas, na falta de possibilidades de argumentar, acabou cedendo.

Marília se apegou à hipótese que construiu, e nada nem ninguém a demoveria das certezas acumuladas a partir da ligeira leitura de uma mensagem carinhosa numa página virtual.

Constrangido, Otávio conversou com a amiga de infância e com o marido dela. Desculpou-se pela mulher, que estava passando por um período turbulento. Tentou restabelecer a normalidade doméstica.

Não houve santo que desse jeito. Marília não podia perder a partida. Mobilizou todo mundo. A dor que ela sentiu era real. Uma faca enfiada na espinha a fez compreender o significado da dor de corno.

Ela não podia voltar atrás. Ainda que tivesse vontade. Se ao menos não tivesse contado a ninguém o ocorrido...

– Marília... – comecei, assim que entendi que havia alguma possibilidade de abordar uma reavaliação. – O tempo todo, desde que você entrou aqui, tenho percebido que você tem dúvidas sobre a separação. O fato de ter contado essa história para os amigos e mobilizado a família não a obriga a seguir em frente com a decisão, exceto se for essa a sua vontade. Ninguém vai viver a sua vida por você.

Ele estava disposto a continuar casado. Acreditava que aquela crise passaria e que era normal, depois de tanto tempo, tamanha insatisfação.

Ela, embora também quisesse, não admitia perder o embate ou entender que a hipótese por ela mesma fabricada podia não ser real. Chegou a dizer que perdoaria Otávio se ele assumisse que a traiu.

Ele negou o tempo todo. Era uma bobagem a mensagem. Se fosse alguma coisa real, ele jamais permitiria tamanha exposição.

Não consegui concluir, com clareza, se Otávio havia pulado a cerca, mas consegui captar, nitidamente, que não era desejo de nenhum dos dois uma separação açodada.

Ponderei, então:

– Por mais que tenha acontecido um encontro eventual, Marília, coisa que o Otávio jura que não aconteceu, você precisa avaliar se é tão grave a ponto de acabar com a vida que vocês construíram juntos nesses vinte anos. Ninguém fica casado com ninguém por tanto tempo porque tem o monopólio da sexualidade do outro. Se rolou alguma coisa, o que não acredito – minimizei –, avalie se é possível esquecer e seguir em frente.

Ela topou. Era o que queria desde sempre.

Antes de sair, ainda a chamei e disse, sem que Otávio escutasse:

– Essas coisas acontecem com muita gente. As pessoas costumam mentir que são perfeitas. Mas preste atenção! É para virar a página. Não vai atormentar esse homem com essa história!

Durou pouco a sensatez. Voltaram depois de nove meses para o divórcio definitivo. A realidade não conseguiu suplantar a hipótese.

Impossível vencer uma dor inventada.

Direito ao sonho

– A senhora pode, por favor, perguntar se ela tem certeza mesmo do que tá fazendo?

– Seu Honorato, nem preciso perguntar. Se vocês estão aqui neste momento, é porque a sua mulher pediu o divórcio. Ela não quer mais continuar casada.

Séria, cabisbaixa, silenciosa, Maria José assistia apática à resistência inexplicável do marido. Estavam juntos havia quase cinquenta anos. Pareciam dois estranhos. Era visível o abismo instalado entre o casal. Foi preciso uma grande dose de coragem para que procurasse a Defensoria Pública. Nunca acreditou que tivesse força. Foi criada em outra época. Mulher separada era malvista e nem em sonho podia contar com o apoio dos familiares. Casamento era para sempre. "Comeu a carne? Agora rói o osso!", esse era o conselho da mãe todas as vezes que ela ensaiava alguma queixa. Aprendeu, então, a sofrer sozinha e resignada. Lavou, passou, cozinhou, fez salgados para fora, criou as três filhas, viu a cabeça ficar branca e a pele encarquilhar. Não se lembrava de um riso ou de uma alegria, nem mesmo o nascimento dos netos. Era coisa comum, criança é tudo igual.

A paciência com que eu ouvia aquelas histórias era proporcional ao tempo e ao respeito que devia ter para com um casal na iminência de completar bodas de ouro. Aparentavam mais idade e se percebia que a vida não fora pródiga com nenhum dos dois.

Ela casou aos quinze anos, ele aos vinte, e não era o caso de gostar ou não gostar um do outro. O pai dela escolheu e pronto. Mudaram-se para outro estado, onde Maria José não conhecia ninguém. A vida se resumia a acordar e dormir, para viabilizar o pão na mesa e o tijolo para a construção de uma casinha no fundo da casa do sogro.

– Alguma lembrança boa?

– Não tenho nenhuma, não, senhora.

– Já sabe o que fazer no futuro?

– Também não sei, não.

Cada um recebia um salário mínimo por mês da aposentadoria, e a renda era complementada com faxinas e docinhos para festas. Todas as filhas moravam longe, e o que sobrou da vida toda foi um aparelho velho de televisão, doação de uma ex-patroa, que permitia que a noite encurtasse ao som das vinhetas das telenovelas.

Era difícil concretizar a separação do casal, porque o teto era único, e a perspectiva de viabilizar nova moradia, nenhuma. Vender a construção e dividir a renda por dois era a pior escolha.

Percebi que não era o caso de manter o casamento, pois nenhum gesto, olhar ou palavra apontava para essa possibilidade, mas, ainda assim, perguntei:

– Parece que não tem mesmo jeito de vocês continuarem casados, mas já pensaram na possibilidade de, como amigos, depois de quase meio século, dividirem a mesma casa?

– Claro que dá, doutora! – apressou-se Honorato em responder.

– De jeito nenhum – replicou ela, sem alterar a voz e olhando para a mesa.

– Mas por quê, Maria José? – retrucou ele. – Deixa de ser boba!

– A senhora acha que eu posso me humilhar mais? Juíza, eu achei uma cartela daquele remédio azul no bolso dele. E tinha um usado.

– Mas minha Nossa Senhora! Essa mulher é maluca?! Claro que foi usado. Eu usei com ela mesma!

– É verdade, dona Maria? – perguntei, incrédula, segurando a vontade de dar uma gargalhada.

– É verdade, sim! E a senhora acha normal essa sem-vergonhice na idade da gente?

Se a nossa vida pudesse ser parâmetro para a vida dos outros, minha resposta teria sido autoritária e imperativa. Maria José tinha o que toda mulher sonhava: um homem que a desejava depois de quase cinquenta anos. Mas não era tão óbvio assim o desenlace daquele caso concreto.

Ela jamais sentiu prazer ou afeto pelo marido, e sua história foi de submissão silenciosa, sexo consentido por obrigação e ressentimento. Nunca expressou desejos ou fantasias. Nunca sonhou ou idealizou uma relação. Nunca desejou aquele homem. Jamais, nesses anos todos, ele teve a delicadeza de perceber que a banalidade do sexo era incompatível com um projeto de vida em comum, que demandava cuidado, carinho, atenção.

Submeteu-se às escolhas que foram feitas em seu nome e jamais assumiu o protagonismo da sua vida.

A falta de expressão das suas emoções e o distanciamento das filhas e dos netos eram os sintomas de que, depois de acordar, dormir e trabalhar durante tantos anos, nunca se enxergou como integrante da humanidade, com possibilidades de pensar a vida e transformá-la.

Marionete de diversos ventríloquos que assumiram seu comando ao longo da existência, sem direito a qualquer improviso, pela primeira vez Maria José falava por si e expressava seu firme desejo de não mais permanecer ao lado daquele homem.

Com as filhas criadas, a idade avançando, pensou que finalmente teria uma pausa nas abordagens do marido e, sem coragem para negar o sexo, escolheu a separação.

Também a vida de Honorato não foi um festival de escolhas. Para quem precisa se ocupar da sobrevivência, sobra pouco tempo para a transcendência, para os sonhos e delírios. Pensar o afeto, discutir a relação, fantasiar desejos, materializar manifestações de carinho, amar, enfim, eram concessões que a vida fazia para alguns, e aqueles dois, no processo arbitrário e nada democrático que costuma determinar essas coisas para uma grande maioria, não foram selecionados para definir seus próprios caminhos.

Cumpriram seus papéis de sobreviventes, e a única escolha de Maria José, aos quase setenta anos, devia ser respeitada.

Uma parede divisória no meio do pequeno imóvel e a construção de entradas separadas. Essa foi a solução encontrada e aceita por ambos. Saíram da audiência divorciados.

Na sala vazia, depois da sentença, senti uma tristeza profunda traduzida pelo cotidiano daqueles dois. O acesso à Justiça era formal, e injustamente continuariam a viver, como sempre viveram, sem acesso à esperança, ao sonho e ao amor.

Lembrei-me de um texto de um poeta que dizia que o homem é o único animal que sonha. É verdade. Mas só para alguns...

Nem tudo é verdade

Ainda transtornada pela morte repentina dos pais, Mariana se esforçava para não ceder à vontade irresistível de passar o dia na cama. Já fazia um mês que acordava esgotada. Torcia para despertar de um pesadelo. O peso da realidade, no entanto, esmagava seu peito.

Aos 34 anos, ficara órfã em pleno domingo. Um acidente matou seus pais na estrada. Filha única, criada para ser independente, tinha autonomia material e emocional. Morava sozinha e diariamente cumpria o ritual de falar com a mãe, pela manhã, e com o pai, no fim do dia. Toda a família estava reduzida aos três, e agora o silêncio do telefone era o real significado da ausência eterna e definitiva.

Naquele dia, na fila do cartório, Mariana evitava remoer as lembranças. Já compreendera que viver da dor pode ser uma escolha perigosa para quem pretende continuar acordando. Optou pelo respeito à tristeza do luto e pela retomada imediata das providências cotidianas, que funcionariam como blindagem à tentação de sentir pena de si mesma.

Precisava receber uma indenização pela morte dos pais – e lhe foi solicitada uma certidão de nascimento atualizada.

O documento entregue pelo cartório, contudo, estava errado. Apenas a data e o local do nascimento coincidiam. O resto informava o registro de uma pessoa chamada Rachel da Silva, filha de Maria José da Silva e de pai desconhecido.

Apontou o erro grosseiro à escrevente e aguardava, impaciente, um novo papel, quando foi surpreendida pela servidora, que afirmou estar tudo certo. A certidão era aquela mesma. Ela se chamava Rachel e era filha de Maria José. Para consertar, precisava de um advogado.

Óbvio que Mariana não era Rachel. Óbvio que sua mãe não era Maria José. Acabara de sepultar os pais, Alberto e Sônia Freitas. Tinha nome e sobrenome. Não era razoável que aquele erro grosseiro, resultado da burocracia cega, não pudesse ser corrigido rapidamente.

Mariana pediu para ver o livro do seu registro. Seus olhos nublaram. Era irreal o que estava acontecendo. Agora, além de sozinha no mundo, Mariana presenciava uma revelação aterradora: ela não era quem pensou ser durante mais de três décadas.

Na verdade, Mariana era filha de Maria José e foi registrada com o nome de Rachel. A mãe a abandonara, recém-nascida, com um casal de vizinhos, seus pais de toda a vida, sem qualquer documento ou informação. Meses depois, precisando regularizar as vacinas e procurar uma creche, o casal a registrou como filha. Mudaram seu nome e pronto. Ela nunca soube de outra história. Nunca cogitou outra possibilidade. Sempre usou esse registro de nascimento. Todos os seus documentos da vida inteira a identificavam como Mariana Freitas.

Descobriu, ainda ali, naquele frio cartório, cercado de prateleiras de metal, papéis amarelados e traças, que, mais tarde, quando ela tinha cinco anos, Maria José reapareceu e tentou tirá-la do casal.

Na época, a mãe foi ao juiz. O registro ilegal feito pelos falecidos pais foi anulado na ocasião, permanecendo eles, contudo, com a sua guarda. Mariana não participou do processo e nunca teve acesso a essa informação.

Como Maria José sumiu novamente pelo mundo, sua história oficial foi sepultada. Voltou a emergir, naquele momento trágico da vida de Mariana, como um monstro tentacular, destruindo toda a sua identidade e confrontando-a com uma pessoa que ela jamais imaginou ser.

Na audiência, ela pedia apenas para mudar seu nome. Queria continuar sendo Mariana Freitas.

Fiquei imaginando, enquanto conversava com a moça, o que significava, aos 34 anos, ser apresentada a um passado objetivo que não produziu lembranças, memórias, fotografias ou cartas no baú.

Impossível reescrever aquela história e ignorar o fato de que Mariana foi vítima de dois abandonos pela mãe que a pariu. Impossível não se sensibilizar com a constatação de que, para todos os efeitos da vida, foi filha de Sônia e Alberto, falecidos havia pouco tempo. Com eles, manteve os vínculos de afeto e forjou as representações do pai e da mãe.

Recuperar sua vida e conhecer as variantes da sua história eram direitos decorrentes da sua própria identidade. Mudar apenas seu nome na certidão era muito pouco.

Mariana contou que havia procurado sua mãe biológica quando soube do acontecido. Não conseguia sentir nada por Maria José. Nem raiva, nem pena. Não tinha o que perdoar, porque não se sentia traída ou abandonada.

Aquelas revelações colocaram em xeque toda a minha fantasia de que a maternidade era um destino e uma ligação forte, natural e indestrutível.

Entendi, ali, que tanto a paternidade quanto a maternidade são vínculos construídos ao longo da vida.

Sugeri ao advogado um aditamento ao pedido, com a concordância e o desejo de Mariana.

Ao contrário de Édipo, o herói trágico, que furou os olhos ao descobrir quem era, Mariana quis enfrentar sua tragédia e iluminar seu passado para seguir adiante, firme e segura.

Com a presença da mãe biológica, em nova audiência, mais uma anulação foi determinada.

Primeiro, excluiu-se a maternidade de Maria José para, numa adoção póstuma, autorizar o assento do nascimento de Mariana, espelho da sua vida e da sua identidade.

Mariana Freitas, filha de Sônia e de Alberto, deixou o fórum aliviada com a reconstrução da verdade. Finalmente, depois de 34 anos, aquela moça se reencontrava com ela mesma.

– Nada foi mais importante pra mim do que conhecer a minha história oficial – disse-me ela, antes de sair.

Quando o amor acaba em silêncio

– Eu sou incapaz de criar qualquer problema, doutora. Sou da paz. É só a senhora olhar para mim e vai ver que é impossível eu ser esse monstro que ela está pintando.

Havia quase três horas, Marisa e Norberto tentavam terminar um casamento de dezoito anos, dois filhos, um apartamento e muito silêncio.

O desequilíbrio foi percebido desde o começo da audiência. Bastou uma pergunta sobre a possibilidade de conciliação para que ela engatasse a primeira marcha e, numa golfada, despejasse sua insatisfação, ansiedade e urgência na solução do divórcio.

Norberto, em câmera lenta, parecia querer tranquilizar a mulher. Não seria empecilho para a liberdade que ela tanto ansiava. Só não tinha pressa e, em nenhuma hipótese, sairia de casa, exceto quando encontrasse um local do seu agrado para a mudança, no tempo que fosse necessário.

Quanto mais calma a sua voz, maior era a exasperação de Marisa, que não suportava sequer ouvir o marido sem sentir um inexplicável incômodo que se tornara crônico nos últimos meses e fazia arder a boca do estômago.

Havia quase dois anos, ela tomara a decisão da separação, e, de lá para cá, um abismo se instalou entre o casal.

Ela reclamava em silêncio. Ele percebia e fazia questão de ignorar, como um jogo de provocação para testar quem aguentava mais tempo aquele convívio desagradável.

– Não precisava ser assim. Tantos amigos já haviam passado pelo fim do casamento. Alguns confusos, outros mais civilizados, mas todos chegaram ao fim, de um jeito ou de outro – dizia ela.

Por que, com eles, era diferente? Por que ela não conseguia dizer ao marido o que sentia e o que pretendia? Por que ele, mesmo entendendo, fazia questão de ignorar, ampliando a distância e o sofrimento?

Perguntava em silêncio. Respondia em silêncio. Concluía em silêncio. Esquecera que é dos silêncios profundos que se alimenta a angústia. Nunca aprendera que duas angústias silenciosas apodrecem as almas e contaminam, de forma devastadora, qualquer vida em comum. Sobra o deserto. E o silêncio. Em silêncio, eu refletia, enquanto seguia a audiência.

No começo, Marisa achou que a vida se encarregaria de definir a separação. Não era urgente. Não tinha outra pessoa. Não repelia Norberto. Apenas não o amava mais.

Não conseguia lembrar como o amor acabara. Não tinha um sintoma claro. Acordar, tomar café, ler jornal, olhar para o relógio e às 7h45 diagnosticar o fim do amor. Definitivamente, não era como acontecia na vida. Ao menos na sua.

Perdera a vontade de conversar e ouvir as histórias do marido. Eram todas iguais e sem sal. Será que, em algum momento da vida, verdadeiramente se interessou por elas?

No início do fim, consentia o sexo, mesmo sem vontade. Com o passar do tempo, não mais. Desculpas, dores de cabeça, cansaço, até que ele deixou de procurá-la.

Nenhum dos dois tinha vontade para um reencontro ou para uma reconciliação. Nessas horas, sem uma decisão pela separação, o afeto começa a adoecer gravemente, e o que era um machucado passageiro se transforma num mal sem cura.

Eu olhava para o casal e tentava imaginar em que momento da vida eles se amaram, se admiraram, se respeitaram. Como teria sido o nascimento dos filhos? Onde sepultaram o desejo que os levou à cama durante todos aqueles anos?

Naquele emaranhado de silêncio e distância, secou toda a vida de tantos anos. Nem a saudade dos bons momentos, nem as lembranças do que construíram pelo caminho. Não sobrou nada.

A única divergência objetiva era com relação à saída dele da residência. Os filhos, adolescentes, queriam permanecer com a mãe. Nenhuma briga quanto à pensão alimentícia.

Mas quando, aparentemente, tudo caminhava para uma solução razoável, ele retrocedia e monocordicamente voltava à cantilena da calma e da tranquilidade.

Depois de vários retrocessos, Marisa perdeu o controle. Aos prantos, expunha seu pânico diante daquele quadro que cansara de apreciar ao longo dos dois últimos longos anos.

A máscara de ponderado e tranquilo que Norberto vestira, mais que repulsa, lhe causava medo. Sentia-se ameaçada por ele. Enxergava naquele tom de voz e naquela resistência irracional uma ameaça à sua sensatez. Não fazia sentido. Ele já estava namorando outra pessoa. Podia viver na casa da sua família. Seu objetivo era retardar uma solução importante para a libertação de ambos.

Na falta de qualquer argumento razoável para justificar a resistência, veio uma contraproposta para que concordasse em sair imediatamente de casa: uma indenização pelos danos morais que Norberto afirmara estar sofrendo ante a decisão de Marisa pela separação.

– Quando nós casamos, doutora, assumimos o compromisso pela vida toda. Se ela quer romper o compromisso, é justo que eu seja indenizado. Não violei nenhuma obrigação do casamento. Fui fiel enquanto convivíamos como marido e mulher, sustentei minha família. Por mim, continuava assim. A senhora está vendo de quem é a responsabilidade nessa história...

Naquelas poucas horas, diante daquela voz arrastada e de argumentos tão rasteiros, vindos de uma pessoa de uma condição social e cultural razoáveis, consegui entender o tamanho da exasperação que Norberto provocava em Marisa.

Ele insistia na objetividade dos seus argumentos e no descumprimento, por parte da mulher, de um contrato pactuado para toda a vida. O fato de ele não amá-la era uma reação, e não a causa para o divórcio.

O que parecia incomodar Norberto não era o término do relacionamento, mas a perda de um poder irracional que tiranizava Marisa e só se sustentaria no silêncio e nas sombras.

Verbalizado o medo, iluminado o porão, os caminhos de ambos seriam mais leves.

– Lamento, Norberto. Não tem indenização. Ninguém é responsável pelo fim do amor. Não tem tabela de ressarcimento.

Concordou em sair de casa. Divorciados, em silêncio, deixaram a sala.

ISABELA, 50 anos

Quando começou a pandemia, meu casamento não ia muito bem. Eu tinha acabado de voltar de uma viagem. Fui à Califórnia levar nossa filha para se instalar na universidade e, no voo de volta, vinha pensando em maneiras de dizer ao Raul que eu não queria mais.

E o medo de tomar a decisão errada? Eu não era mais criança, não tinha fantasia de uma relação idealizada. Achei que era uma fase ruim, que ia melhorar. Mas não tinha a menor disposição para discutir a relação, para tentar pensar em outros projetos, coisas para fazer com ele.

Tem gente que dá sorte. A vida vai mudando, e o tempo vai aproximando alguns casais. Não comigo. Era um silêncio, uma falta de vontade. A gente transava pouco. E percebi que o problema era mais sério, porque nem isso me incomodava. Aliás, quando ele não me procurava, eu sentia até um certo alívio. Mas, poxa, eram 28 anos. Eu não me lembrava da minha vida sem Raul do meu lado.

Quando deixei minha filha na casa nova, senti uma inveja danada. Não tive oportunidade de viver o que ela ia viver. Casei cedo, cresci achando que uma vida sem marido era uma vida de solidão. Solidão mesmo eu sentia quando estava em casa, com o silêncio aumentando a distância.

Pensei que a gota d'água seria o confinamento. Uma semana, 24 horas por dia presos em casa, o divórcio seria inevitável. Mas não é que aconteceu o contrário?

Não sei se por medo, por desespero, por angústia de olhar pela janela e ver o mundo paralisado, voltei a conversar com Raul e fiquei impressionada com como a vida foi levando cada um para um lado. Cada gaveta que a gente arrumava, cada álbum de fotografias, cada lembrança compartilhada... entre a arrumação da casa e a lavagem das compras, era uma escavação arqueológica.

Não sei se o que senti foi a volta de um amor que já havia acabado. Mas foi uma sensação de conforto, de segurança. Não queria estar em outro lugar naquele momento tão triste. Será que amor era um colo quando a dor se tornava insuportável?

Meu sogro foi enterrado sozinho. Minha mãe foi entubada, e só consegui estar com ela três meses depois que ela teve alta. Viramos, eu e ele, sobreviventes da angústia.

Na semana passada, percebi que, desde que voltamos à rotina, temos vivido em um equilíbrio instável. A sensação é a de que qualquer palavra mal pronunciada pode fazer desabar nosso casamento de uma vez por todas.

Não nos amamos mais. Embora não tenhamos falado disso nesses mais de dois anos, sabemos que é assim. A intimidade não deixa mentir. Não sei até quando vamos continuar. Nem sei se é razoável viver desse jeito.

Na pandemia, meu maior desejo era sobreviver. Agora, não quero me resignar com uma vida encolhida e medrosa. Nem parece que vivi uma experiência tão radical. Sinto que um dos efeitos da Covid-19 é uma vida sem gosto de vida. Quero que esse mal-estar passe logo. Não me sinto deprimida, mas às vezes sinto culpa quando tenho vontade de viver. Será que esses sintomas demoram pra passar?

Mais valem dois pais na mão

– Qualquer homem decente teria feito a mesma coisa, dona juíza. Imagina se eu ia deixar o moleque morrer sem atendimento porque não tinha registro. Não era meu filho, mas era como se fosse.

Antes de completar um ano, Juninho precisou de uma intervenção cirúrgica. Não tinha certidão de nascimento. O pai sumiu e nunca providenciou o documento.

Cristiane e Emerson foram vizinhos durante a infância. Na adolescência, cada um tomou seu rumo. Poucas vezes se encontraram.

Em momento de desespero, sem o apoio da família, rejeitada pelo companheiro, reencontrou o amigo que, sem pestanejar, foi ao cartório e declarou que era o pai. O único pedido era dar o seu nome à criança, no que foi prontamente atendido pela mãe, naquelas circunstâncias.

O que teria sido apenas um ato de solidariedade se transformou em exercício real de paternidade. Nascia ali uma geração espontânea de pai, sem sêmen, sem cadeia genética. Apenas uma vontade inexplicável de cuidado e um vínculo fortalecido todos os dias pelo afeto.

Emerson permaneceu ao lado de Cristiane no hospital e, como seu trabalho era no turno da noite, não fazia qualquer sacrifício para cuidar de Juninho enquanto a mãe do menino trabalhava.

Nunca foram namorados. Jamais dividiram o mesmo teto. Uma ponta de amor platônico era percebida pela moça, que cultivava cuidadosamente a dependência, com manifestações de carinho que poderiam ser confundidas, no máximo, com proximidade fraterna.

Ele nunca foi capaz de abordar a amiga de uma forma mais ousada. Não sentia segurança e temia perder a intimidade que lhe fazia tão bem. Se Emerson tinha qualquer desejo, escondeu até mesmo de si, contrariando aquela verdade conhecida de que não há amizade sem mais nada entre um homem e uma mulher.

Emerson tinha uma vida previsível. A grana nunca sobrava. Trabalhava, namorava, cursava o supletivo. Incorporou Júnior à sua rotina e, mesmo depois de casar com Selene, continuou a conviver com o menino, que passava todos os fins de semana na sua casa.

Era tão natural o vínculo entre ele e Júnior que ninguém nunca se preocupou em ter uma conversa sobre o assunto. Mas para Júnior, aos seis anos, ainda não era um incômodo a brincadeira das crianças mais velhas, no colégio, sobre o filho loirinho do pai negão. Crianças também sabem ser cruéis nessa idade.

Cristiane precisou viajar repentinamente. Disse que ia cuidar de uma avó doente, em outra cidade. Durante oito meses, o menino morou com Emerson. Na volta, as grandes e profundas transformações exigiram do rapaz uma postura menos tolerante e dócil com a mãe da criança.

Cristiane, na verdade, partira para reencontrar Túlio, o pai de seu filho. Ele mudou muito nesses anos. Deixou a vida errada e estava pronto para assumir sua família. Já alugara uma casinha e estavam morando juntos.

A resistência feroz de Emerson obrigou Túlio a ajuizar um processo de reconhecimento da paternidade. Ele queria anular o registro de nascimento e mudar o nome do filho. Não era razoável o filho ser dele e ter o nome de outro homem.

Nem foi preciso um exame de DNA. Juninho e Túlio, branquinhos e loiros, tinham o mesmo cabelo encaracolado e a mesma covinha na bochecha direita.

Na audiência, Cristiane preferia não opinar. Era louca por Túlio. Já perdoara o abandono. Em nome dessa paixão, deixou o filho sem notícias suas durante meses.

Por outro lado, era grata a Emerson. Sabia que, se não fosse por ele, Juninho não estaria vivo.

O seu lugar de mãe estava preservado, reinava hegemônica do alto de seu trono, sem qualquer ameaça. A decisão sobre quem era o pai era um problema da Justiça. Para isso existiam os juízes.

Testemunhas foram ouvidas, psicólogos entrevistaram os pais, a mãe e o menino. Parecia uma decisão simples. Não era. Enquanto os fatos e as versões desfilavam na minha frente, a dúvida foi se aprofundando. Era justo condenar o pai biológico à impossibilidade de assumir seu filho por uma decisão impensada da juventude? Era correto, depois de tanto tempo, negar a Emerson o direito de ser pai, ainda que o registro tenha sido feito de maneira ilegal e falsa?

No auge das minhas reflexões silenciosas, pedi que Juninho entrasse na sala. Já havia terminado a audiência.

Correndo, rindo muito, passou ao largo do lugar onde sentava Túlio e, de braços abertos, mergulhou no colo de Emerson, acariciando seu rosto.

O contraste entre as cores das peles e a intensidade do afeto era o quadro eloquente de que o preconceito é uma invenção despropositada e decadente que não deveria encontrar eco na humanidade.

Juninho, aos seis anos, já era um indivíduo. Sabia seu nome. Reconhecia seu lugar. Tinha referência da figura paterna e identificava Emerson como seu pai.

Uma certidão de nascimento era somente um corte no enredo da existência. Um corte importante, é verdade, um instrumento de inclusão social. Mas...

Decidi preservar a história de Júnior escrita a partir do documento. Muito mais que um vínculo biológico, a paternidade é uma obra de construção cotidiana.

Mesmo insegura para definir a paternidade e as referências daquela criança, como se eu estivesse usurpando um de seus maiores direitos, o direito à identidade, concluí que, se preservada sua segurança, o tempo se encarregaria de contar outras histórias possíveis, que não cabiam numa certidão de nascimento.

Além disso, pareceu, naquele momento, que Túlio estava mais preocupado em consolidar sua relação com Cristiane.

Mantive a paternidade de Emerson. O convívio com o pai biológico viria naturalmente, com as portas abertas para o estabelecimento de mais esse vínculo afetivo.

A vida é muito maior e muito mais imprevisível do que a burocracia que cabe numa certidão.

As múltiplas formas de paternidade e as mais diversas manifestações de amor, se conjugadas, fortalecem uma sociedade mais democrática.

É, no fim, uma equação simples. Quanto mais afeto, maior a possibilidade de justiça.

Casamento não é emprego

Não era para ser uma audiência complicada. Consensualmente, dividiram o patrimônio, fixaram pensão para a filha única, e não havia outros problemas a serem solucionados. Tudo estava dentro do quadro previsível, exceto a reação de Patrícia, que, sob o protesto do advogado que representava o casal, se recusava a assinar o acordo.

– Não é justo, não assino. Então, ele faz tudo o que quer, e eu saio assim, no prejuízo?

Eu não tinha a menor ideia dos motivos que levaram aquele casal à separação. Pela reação de Patrícia, imaginei que outra mulher se interpusera entre os dois e que sua manifestação nada mais fosse do que uma demonstração do volume da tristeza que remanescia ou da quantidade do ressentimento que ainda deveria ser revolvido, até que pudessem se olhar sem rancor.

Engano. A indignação era apenas patrimonial. Sua amiga havia se separado poucos anos antes, e o ex-marido, além da pensão para os filhos, continuou responsável pelas despesas da mulher por tempo indeterminado. Eles tinham o mesmo padrão de vida, e não era correto que a mesma solução não lhe fosse concedida.

Há casais que escolhem viver numa vitrine e se comportam como modelos de perfeição aos olhos do público. Só conseguem sobreviver em grupo. Normalmente um grupo homogêneo, também formado por outros casais, todos com filhos da mesma idade, histórias similares, condições econômicas parecidas.

Partilhar as insatisfações e reclamações parece ser a maneira encontrada para suportar a existência a dois, como se fosse natural viver mal, conformar-se com a mesmice imposta pelo cotidiano e sepultar as várias possibilidades oferecidas pela vida a cada esquina.

A história de cada um, nesses casos, é multiplicada pela história de todos, como se, num quadro comparativo de inferioridade, procurar alívio e justificativa para a própria dor, naquele cenário, fosse sempre menos pior que a dor do outro.

O divórcio da amiga foi a peça do dominó que desabou, lançando ao chão as outras peças arrumadas de modo aparentemente seguro e que, num átimo, se transformaram em escombros, pondo fim à brincadeira. A separação recente da amiga Silvinha desarranjou toda a estabilidade dos dois, revelando o que já se devia saber: a vida nunca é um porto seguro, e casamento algum tem a estabilidade de um serviço público. Muito menos uma aposentadoria justamente remunerada.

O marido de Silvinha a deixou para se casar com outra. Os casais daquele grupo anteviram a serenidade morna ameaçada. Pela primeira vez se enxergaram como possíveis vítimas do fim de um projeto coletivo de segurança.

A partir desse fato, não passava um dia sem que Patrícia atormentasse Fernando com suas crises de dúvidas e desconfianças. A lógica que sustentava aquele relacionamento desabara. Paulatinamente, os confrontos causados pela insatisfação eram potencializados e amplificados.

Sem disposição, naquele novo ambiente, para jantares ou viagens, a solidão confrontou Patrícia e Fernando, quase num confinamento a dois. Não havia qualquer vestígio de afeto que justificasse a manutenção da vida em comum.

O motivo – óbvio para ela – só podia ser outra mulher. Fernando negava, e, ao que parece, não havia mesmo outra. Mas todas as brigas e discussões partiam dessa hipótese. Ao término de quase dois anos de desacertos, ofensas e insatisfações, chegaram ao fim.

Não se amavam havia muito tempo. Não tinham dúvidas da necessidade de caminhar cada qual para o seu lado. A resistência de Patrícia e a pretensão de receber pensão alimentícia revelavam um modelo de casamento que, longe do afeto e da solidariedade, foi edificado sobre os frágeis pilares do interesse social, das aparências, da imagem de perfeição e do domínio econômico.

A arrogância insistente com que ela tentava me convencer de que era justo receber dinheiro pelos anos dedicados à família e ao marido suscitou o que eu tenho de pior: a impaciência.

Tenho total limitação para conseguir respeitar argumentos que transformam a experiência humana num negócio lucrativo. Deve ser esse o motivo que me levou a escolher o trabalho numa Vara de Família.

Sou capaz de esperar algumas horas, em processos pouco complexos, quando percebo que as angústias, tristezas e indignações precisam ser verbalizadas. Assisto, pacientemente, aos rompantes de desespero que desfilam na minha frente há tantos anos, como espectadora privilegiada das contradições humanas. Sinto um profundo respeito pelas tragédias que se abatem sobre as famílias que procuram a Justiça.

Lucrar e não encerrar o negócio sem prejuízo. Era esse o projeto de Patrícia para o fim do casamento. Essa era a solução que eu abominava.

Resolvi abreviar a audiência. Os dois entraram com um processo de separação consensual, e, se não quisessem se separar, assinando o acordo, não haveria nenhum obstáculo. Ou suspendia o processo, ou o encerrava ali mesmo.

Patrícia insistiu:

– A senhora acha mesmo correto ele comprar um Mercedes e não me pagar nada de pensão?

– Embora minha opinião não seja relevante, Patrícia, acho certo, sim. Ele trabalha e pode comprar o carro que quiser. Você também trabalha e, se tiver vontade, troca o seu carro. Casamento não é emprego e não tem indenização para rescisão com ou sem justa causa.

Suspeitei que pudesse ter sido grosseira e tentei aliviar:

– Vocês são muito jovens e, seguramente, viverão outros relacionamentos. Vale a pena refletir sobre o que vocês esperam de um casamento. Se quiserem lucro e rentabilidade, é melhor procurar uma franquia bem-sucedida. Casar, do ponto de vista econômico, é o pior investimento que alguém pode fazer. Só perde para a separação. O que entra para uma casa tem que ser dividido por dois. Não tem matemática que transforme isso num bom negócio.

O casamento não é um projeto de vida em condomínio. Como qualquer aplicação de altíssimo risco, não tem seguro que cubra o seu fim.

Patrícia e Fernando deixaram a sala de audiências separados, com a sensação de terem investido no pior empreendimento de longo prazo das suas vidas.

Brincando de casinha

– No começo eu não queria, não. Mas tudo bem. Onde é que eu assino?

Impaciente, consultando o iPhone a cada dois segundos, Marquinhos não via a hora de deixar o fórum. Evitava o encontro com o olhar agressivo de Mariana. Precisava trabalhar e não tinha tempo a perder.

Jovens, com pouco menos de 25 anos, Marcos e Mariana não tinham filhos. Seria um divórcio simples. Não havia patrimônio a ser partilhado, exceto uma dívida de alguns milhares de reais acumulada em cartões de crédito e na instituição bancária em que tinham conta conjunta.

– Quer separar, eu separo. Agora, otário eu não sou. Pode esquecer que esse prejuízo não é meu. Olha aí o extrato do cartão, doutora. A senhora vai ver quem gastou o quê.

Prosseguiu:

– E tem mais! Ainda faltam 38 prestações do carro que ela usa.

Imediatamente, Mariana replicou:

– Compensa com a festa, o filme e as fotos, que ainda nem ficaram prontos e já foram pagos pelo meu pai.

Os dois namoraram desde os catorze anos. As famílias eram amigas e estimularam a brincadeira no começo. Os sogros eram chamados de tias e tios. A excelente condição financeira propiciou aos pombinhos, durante quase dez anos, a fantasia de um mundo perfeito.

No começo, as viagens eram na companhia das famílias, ora para Angra, ora para Búzios. O prêmio pelo ingresso de ambos na faculdade foi uma viagem de seis meses para a Europa sob o pretexto de aprofundarem a fluência no inglês.

Com gastos ilimitados nos cartões, pagos pelos respectivos pais, as despesas eram motivo de risadas entre os familiares, que, com orgulho, exibiam e ostentavam as faturas em lojas de marca, restaurantes caríssimos e boates frequentadas pelo *jet set* e jogadores de futebol.

– Ah, se no meu tempo eu tivesse essa moleza... ia casar pra quê? – dizia o pai de Mariana, na ausência da filha.

Os planos para o casamento tomaram forma na volta para o Brasil. Teriam mais de quatro anos para organizar a festa. Casariam no ano da conclusão dos cursos de direito e administração, escolhidos por Mariana e Marcos, respectivamente.

Tranquilos, bons alunos, não davam trabalho ou preocupação, o que poderia ser um indício de problema. Qual o adolescente que cresce e se torna independente sem confronto ou sem, ao menos, tentar vencer alguns limites e errar outras tantas vezes?

Não aqueles dois. Eles pouco conviveram sozinhos. Saíam em bando, com os amigos, ou na companhia dos pais. Estavam sempre ocupados com a reforma do apartamento que ganharam de presente, com os preparativos para o casamento, com os planos para o futuro. A vida, no presente, se resumia ao que estava por acontecer.

Casar não era simples. Não bastavam os noivos, o desejo de construir uma vida juntos, o amor que sentiam um pelo outro e algum trocado pra dar garantia, como cantava Cazuza.

Casamento passou de sacramento e ato jurídico para a categoria de projeto especial. Impossível realizar uma cerimônia sem iluminação, figurino, decoração, degustação, calígrafo, gráfica, bem-casados, docinhos, enxoval em Nova York, coral, daminhas, roupa das daminhas, cabeleireiro, maquiagem, lua de mel no Taiti, chá de panela, jantar com os padrinhos, DJ, buquê, fotógrafo, cineasta, gravações quase diárias do making of, site na internet, lista de presentes, reuniões, compromissos, para enumerar o mínimo.

Nesse mar de necessidades fabricadas e urgentes, o que menos importava era a finalidade da união. A falta de qualquer dos itens impostos pelo cerimonialista era o passaporte para o fracasso.

Nem três meses depois do megaevento, que reuniu mais de quinhentos convidados, ali estava o casal, querendo o divórcio porque o casamento não era bem o que esperava.

Mesmo descrente da capacidade de reflexão dos dois, resolvi provocar um pouco, na tentativa de instigar algum questionamento, principalmente pela maneira infantil com que se comportavam desde o início da audiência:

– O que vocês esperavam? Café na cama todos os dias de manhã? Trilha sonora ao acordar, a casa arrumada, o bom humor permanente? Uma fada que recolhesse a roupa espalhada no chão, as toalhas molhadas? Um duende que arrumasse a cozinha e a louça?

Os olhares blasés e as caretas arrogantes indicavam que não se sentiam obrigados a ouvir nenhuma orientação. Só admitiam a interferência do Estado para garantir os seus desejos. Nunca para contrariá-los.

Concluí:

– Tenho uma péssima notícia para vocês: quando a gente cresce, se não comprar café e papel higiênico, não vão brotar da despensa.

Mimados, refratários às dores e às contradições próprias da humanidade, Mariana e Marcos eram o reflexo de uma geração forjada no espetáculo e no consumo e também rasa nas manifestações de afeto, desprovida de densidade.

Cresceram naquele ambiente de felicidade obrigatória, e brincar de casinha, aos vinte e poucos anos, traduzia um hiato entre a realidade e a idade biológica. Ainda tinham alguma chance de assumir, no futuro, as escolhas das suas vidas.

Sem capacidade para assimilar as grandes dores, ficariam blindados, também, das grandes alegrias, faces opostas da mesma moeda.

Encerrei a audiência homologando um acordo no qual eles dividiram as dívidas para pagamento pelos pais. Fiquei com a sensação de ter participado de um faz de conta, sem um final de felizes para sempre.

Em nome do pai

Marta e João Carlos se conheceram aos dezoito anos. Ele ingressara recentemente na escola militar, o que o obrigava a passar a semana fora da cidade. Depois de seis meses de namoro, uma gravidez indesejada separa o casal. Não que João não quisesse assumir a criança nem que não fosse apaixonado pela ideia de se casar com aquela que era a mulher da sua vida. Afinal, aos dezoito anos, uma paixão é para sempre, e o amor, definitivo. Não, porém, diante daquela revelação.

Marta revelara que o bebê que esperava era de Sérgio, um amigo com quem se relacionara algumas vezes na ausência do namorado.

Procurado para assumir a paternidade, Sérgio ignorou totalmente a notícia da gestação e sua responsabilidade. Não estava pronto para amadurecer, era muito novo e cheio de planos. Um filho indesejado, seguramente, não era um deles. Só podia ser engano, porque Marta tinha namorado, e, com certeza, o filho era dele. De nada adiantaram os argumentos de que a mulher sabe quem é o pai de seu filho.

Sozinha, aos sete meses de gravidez, Marta reencontra João na rua. Ainda apaixonado, ele se encanta com aquela barriga e tem certeza do engano de Marta. Lá no fundo, João suspeitava de que Marta mentira para não prejudicar a sua carreira. Aquele filho só podia ser mesmo dele.

Casam-se semanas depois. Quando nasce o menino, João, definitivamente, sepulta qualquer dúvida. O bebê é a sua cara. Nunca mais se fala no assunto. Pedro é registrado e é filho de Marta e João Carlos.

Mas nenhum casamento é perfeito, especialmente aquele idealizado no auge da juventude, se confrontado com o peso do cotidiano e com as agruras da rotina. Os problemas eram crescentes, e a responsabilidade pela educação de Pedro, um foco permanente de conflito.

Marta queria mais liberdade, queria estudar, queria viajar, queria ter seu próprio dinheiro, queria rever os amigos. Quando se via sozinha, durante as ausências de João motivadas pelo trabalho, sentia um desejo irresistível de largar tudo e não se responsabilizar por ninguém.

Seus pais não ajudavam. A gravidez fora uma escolha errada, e agora ela tinha que se virar sozinha.

– Para aprender! – explicavam aos vizinhos e parentes. Nos fins de semana, João, tão jovem e ansioso quanto Marta, representava o homem de família sensato, provedor e, em vão, tentava acalmar a companheira.

No tempo livre, era um modelo de afeto e cuidado com Pedro. Acompanhou os primeiros passos, as primeiras palavras, o primeiro dente, a primeira viagem de férias, o primeiro dia na escola e as febres da madrugada. Com a distância da semana toda, tinha paciência e disponibilidade para, tranquilamente, acolher uma criança e suas necessidades inesgotáveis.

Nas vésperas de completar 28 anos, e nove anos depois da festa, o casamento acaba. O motivo era o que menos importava. Ela queria, e ele concordava. Suportaram até onde deu.

A guarda de Pedro ficou com a mãe, e o pai o visitava quinzenalmente, quando o trabalho permitia.

Fenômeno estranho, que costuma atingir a grande maioria dos pais, a separação também fulminou o relacionamento entre João e Pedro. Um afastamento impensável para quem observava o cotidiano próximo dos dois foi gradualmente se instalando. As visitas escassearam, embora a pensão fosse religiosamente depositada todos os meses. A vida em estados diferentes era o motivo objetivo para explicar as ausências, sentidas mais profundamente pelo menino.

Contrariada com o distanciamento de João, Marta procura por Sérgio e lhe apresenta Pedro. Após um exame de DNA, constata-se o que já se sabia: Pedro é filho biológico de Sérgio.

Longe, João desconhecia os acontecimentos e é surpreendido pela citação num processo no qual Sérgio pretende anular o registro de nascimento e reconhecer Pedro como seu filho.

Sérgio e Marta poderiam ter procurado João. Não o fizeram. Preferiram o caminho da lei.

E porque a vida é o que se escolhe, e não o que deveria ter sido feito, ali estava o processo, pronto para julgamento, e eu, que não participei nem opinei acerca das opções daquelas pessoas, deveria decidir se, para efeitos legais, Pedro era filho de João ou de Sérgio.

Mesmo com a verdade biológica escancarada, João Carlos resistiu ao pedido. Ele foi o pai desde sempre e, mesmo depois da separação, continuou representando esse papel. Amava o filho, povoava todas as memórias, todas as lembranças e referências que o menino tinha da figura de pai. A paternidade é construída. Ninguém é pai porque, num ato sexual, tem a sorte ou o infortúnio de fecundar uma vida.

Foi com João que Pedro falou pela primeira vez e chutou a primeira bola. Foi João quem segurou Pedro na cadeira do dentista, e, mesmo ausente ultimamente, o que construiu com o filho era sólido e indissolúvel.

Sérgio, por outro lado, lamentava o tempo perdido e não admitia ser condenado e afastado da possibilidade de se tornar pai, por insegurança e imaturidade de uma decisão tomada dez anos antes.

Marta chorava arrependida de todas as vezes que agiu sem pensar, o que parecia ser um traço marcante da sua personalidade.

Todos eram vítimas e protagonistas de um conflito sem certo e errado, sem justo ou injusto, sem mocinho e sem bandido.

Pedro, cujo futuro e identidade estavam sendo decididos por mim, pouco dimensionava a sua tragédia pessoal e reconhecia João como pai.

Mantive a história como escrita até aquele momento. João Carlos é pai de Pedro.

Mas deixei a porta aberta para o menino que um dia será sujeito da sua própria vida e poderá decidir se pai é quem faz ou quem cria.

Poderoso é quem resolve

Quando vi seu Joaquim sentado na minha porta, muito antes do horário das audiências, não tive dúvida: só podia ser mais um cliente da minha avó.

Vó Duquinha era rezadeira, e a porta da casa dela vivia aberta, sempre com um café fraquinho coado no saco, requentado no fogão a lenha para quem passasse e resolvesse entrar e trocar um dedo de prosa. Especializada em curar torcicolos e espinhela caída, também afastava o mau-olhado, testando o grau da inveja com carvões que boiavam ou afundavam no copo d'água.

Desde que comecei a trabalhar na cidade onde nasci, não passava uma semana sem que alguém me procurasse em nome da minha avó para resolver as mais variadas necessidades. De remédio para pressão a segunda via da certidão de casamento, passando por vaga em escola e emprego, tudo ela imaginava que eu podia solucionar.

Normalmente, as demandas eram simples. Nada que um telefonema não resolvesse, desde que, claro, fosse eu a interlocutora. Cenário triste de um país no qual a burocracia lambe as botas do poder e oprime quem deveria atender.

O fato é que, solucionado um problema, outros apareciam em progressão geométrica, como num boca a boca eficiente que eu tratava de manter funcionando para não decepcionar minha avó muito querida.

Não me enganei. Aquele senhor, com mãos de lavrador e cabeça começando a branquear, era mais um enviado de dona Duca. Mesmo com a orientação do meu secretário para que ele fosse à Defensoria Pública, não teve jeito. Queria falar direto comigo.

– Sua avó me disse que você é uma pessoa muito humana, filhinha. Disse pra eu falar com você do meu problema, que você resolvia tudinho pra mim.

Era um processo para mudar o ano do nascimento. Pelos dados da certidão, seu Joaquim tinha 55 anos. Ele apresentou um atestado de batismo e pretendia alterar a data para cinco anos antes.

Achei diferente e curioso o pedido. Conheço pessoas que dariam a vida por uns dois anos a menos, mas cinco a mais?! Não fazia sentido.

– Eu não estou entendendo este processo. O senhor quer envelhecer cinco anos e diz que a certidão está errada?

Mesmo gasto pelo sol, com as mãos enrugadas e alguns vincos no rosto, aquele homem não aparentava ter vivido sessenta anos. Prossegui:

– O senhor viveu a vida toda com esse documento e resolveu mudar agora, por quê?

– Ah, filhinha... eu não vou mentir pra você, não. Um amigo disse que, se eu tiver sessenta anos, eu posso andar de graça no ônibus.

– Mas, seu Joaquim! O senhor sabia que mudar as informações num documento, sabendo que é mentira, é até crime?

Insistente e absolutamente tranquilo, ele parecia não acreditar na gravidade das minhas informações.

– Crime é roubar e matar. Eu não quero nada de mais, não. Não vai fazer mal pra ninguém. O moço do cartório disse que bastava uma assinatura sua e resolvia tudo.

A ingenuidade dele era tanta que eu não conseguia extinguir o processo e mandar aquele homem embora. Tinha certeza de que, se agisse assim, ele multiplicaria o coro dos que buscam a Justiça e saem frustrados, com as esperanças perdidas, sem entender os obstáculos do caminho.

Didaticamente, tentei explicar que o documento tinha que refletir a verdade, e os dados da certidão estavam corretos. Veio, então, a cartada final:

– Mas e o documento do batismo, não é verdade também?

O atestado, assinado por um padre de uma cidade do interior de Minas, era novíssimo, com data recente.

– O senhor foi batizado em Minas? Responde a verdade, por favor. Não pode mentir pra mim.

– Ai, filhinha... não minto, não... É que o padre é amigo meu há muito tempo e, quando eu expliquei pra ele o que eu tava querendo, ele disse que podia me ajudar e assinou pra mim.

Percebi que ele não ia mesmo entender e comecei a ficar apreensiva com o movimento dos ponteiros do relógio. Logo, o promotor chegaria para as outras audiências. Formal e legalista, seguramente ele mandaria cópia do processo para a Vara Criminal para uma denúncia por falsidade.

– Seu Joaquim, o senhor vai me desculpar, mas eu não posso ajudar o senhor, não. Faz uma coisa, desiste desse processo e aproveita os cinco anos que ainda tem pela frente antes de ficar idoso. Pode deixar que com a dona Duquinha eu me entendo.

Sorrindo e resignado, embora insatisfeito, ele concordou com o arquivamento do pedido. Foi embora sem entender como é que uma juíza não podia ajudar um lavrador a andar de graça no ônibus.

Tinha toda a razão para não me entender.

Poderosa mesmo era a minha avó, dona Duquinha, que, em menos de quinze minutos, o curou da espinhela caída e do mau-olhado.

Toma que o filho é teu!

Vinho tinto ou branco, café ou chá, futebol ou basquete, salada ou sopa, vestido ou calça, preto ou branco, cinema ou teatro, Flamengo ou Fluminense são alternativas com as quais um ser humano se depara de forma permanente e é próprio da condição humana decidir e solucionar.

Aliás, são as escolhas do dia a dia que traduzem e expõem a fragilidade e as contradições próprias da condição humana. Delegar para o Estado a opção por escolhas íntimas e individuais não se constitui numa saída possível.

Enquanto escrevia a sentença, tentava compreender o que levara um jovem casal a procurar a Justiça para decidir em que escola uma criança de nove anos deveria estudar.

No início, imaginei que havia algum outro motivo subjacente: o valor da mensalidade, a distância geográfica, eventual falta de adaptação a alguma orientação pedagógica. Daí porque não extingui o processo logo no começo e marquei uma audiência.

Atônitos, Fabiana e Márcio pareciam não entender a razão da minha perplexidade. Tentei ser mais clara:

– Então, vocês têm uma filha de nove anos. Estão separados há dois, e a guarda é compartilhada. É isso?

Dissecava o pedido na tentativa de fazê-los ouvir o tamanho do que pretendiam.

– A criança estuda em um colégio, e a senhora quer mudar para outro. Como o pai não concorda, a senhora espera que eu escolha a escola para sua filha? E se eu não gostar de nenhuma das opções, vocês vão obedecer à minha indicação?

Sempre que questões periféricas chegam aos processos, tento procurar o real problema a ser enfrentado. Era óbvio que ninguém procuraria a Justiça por um motivo tão banal e cotidiano.

Mas não havia mesmo um tesouro escondido. Às vezes, uma maçã é uma maçã, como dizia o poeta.

O advogado de Fabiana, percebendo a minha falta de compreensão para o pedido absurdo, apressou-se em justificar o seu trabalho:

– Excelência, eu disse a ela que não podia, mas ela insistiu...

– Mas, doutor – ponderei, incrédula com a manifestação –, se eu procuro um ortopedista e mando ele operar o meu joelho, ainda que não tenha indicação, ele é obrigado a fazer a cirurgia?!

Aquele caso era apenas um de uma série de conflitos similares que começaram a brotar na minha mesa recentemente. Incapazes de conversar, discutir, fazer escolhas, as pessoas procuravam a Justiça como substitutas da sua autoridade, numa verdadeira terceirização de suas obrigações.

O cenário de uma sociedade infantilizada, sem capacidade para lidar com frustrações e contrariedades, sem autonomia para exercer a autoridade e impor limites, começara a se desenhar com frequência nos diversos processos que chegavam a cada dia.

O mais paradoxal era notar que aquelas mesmas pessoas repudiavam qualquer interferência em outras esferas, nas quais se julgavam competentes: achavam um absurdo se submeterem ao teste do bafômetro, consideravam uma ofensa um filho adolescente não poder frequentar uma casa noturna sem o responsável, ameaçavam processar a escola quando o rebento era repreendido na frente da turma por um comportamento inadequado, tentavam corromper o policial quando o filho era flagrado com um baseado ou dirigindo sem carteira.

Queriam o Estado apenas quando escolhiam a oportunidade. Naquele caso, como não conseguiam chegar a um acordo, Fabiana e Márcio pretendiam que a Justiça os substituísse naquele papel.

– Não são todos os conflitos que a Justiça pode decidir – ponderei.

Foi uma longa audiência. Todas as minhas tentativas de conciliação foram frustradas pela intransigência com que o casal enxergava o problema.

Percebi que, para Fabiana e Márcio, a escolha da escola se transformara numa questão de honra. Ambos pretendiam sair vitoriosos. O que menos importava era o interesse da criança. Ainda antevi os danos daquele comportamento para a educação da menina. Filhos aprendem muito mais pelos exemplos do que pelos discursos. Insisti:

– Como vocês acham que a Eduarda vai crescer, observando que vocês não conseguem conversar? Que não conseguem assumir as obrigações da educação de uma filha e querem que uma estranha escolha, pelos dois, onde ela deve estudar?

Não houve jeito. Como ninguém cedeu, tive que julgar.

Não havia dano para a criança, não havia perda ou prejuízo a ser experimentado. A Justiça não podia interferir na esfera privada daquele casal.

Os pais tinham alguns deveres naturais das suas funções, e a escolha da educação formal era um deles. Só se justificaria a minha intervenção se lhes fosse subtraído o poder familiar, o que não era o caso.

A minha atuação, por mais próxima e limítrofe que fosse da vida íntima e familiar das pessoas, tinha uma limitação constitucional.

Respeitar a privacidade e a individualidade era um comando. Ainda que fosse tentador substituir aqueles jovens pais e resolver o problema da escola, não poderia fazer isso.

Julguei improcedente o pedido. O acesso garantido à Justiça não era para extrair de Fabiana e Márcio as responsabilidades e obrigações da vida adulta. "Quem pariu Mateus que o embale." Era um ditado popular. Era um comando natural. Escrevi na sentença:

Terapias, mediações familiares, auxílio de orientadores, amigos, padres, pastores são alguns caminhos existentes na sociedade e que podem ser eficientes na solução de um conflito desta natureza.

Não houve recurso. Espero que a negativa da justiça tenha sido o começo de uma comunicação mais eficiente entre os pais da menina. Muitas escolhas ainda serão feitas até que Eduarda chegue aos dezoito anos. Não quis deixar espaço para que a Justiça fosse chamada a decidir se ela podia ou não namorar o rapazinho que escolhera.

Sem padecer no paraíso

Iniciar todos os dias, ainda de madrugada, na Unidade de Terapia Intensiva, durante os últimos oito anos, era uma rotina de exaustão já incorporada à vida de Maria Paula. Foi a forma encontrada para manter a filha única em uma boa escola, sem alterar os hábitos caros proporcionados pelo casamento findo.

Os dez anos vividos com Renato foram opulentos. Ela nunca deixou de trabalhar, mas seu dinheiro era para os alfinetes, como gostava de alardear o então marido. Viagens, empregadas, desejos de consumo eram realizados sem aperto ou restrição.

No café da manhã na sala ainda desarrumada pela festa de réveillon da noite anterior, como um brinde aos novos tempos, Maria Paula é surpreendida com a notícia do fim do casamento. De malas prontas, Renato mudava para a casa da comadre do casal.

Algumas decisões precisam acontecer nas efemérides, e, ainda que o início do ano não coincidisse com uma segunda-feira – data das grandes deliberações –, era um bom dia para novos projetos.

Não que Maria Paula vivesse alheia à realidade. Nos últimos anos, empurravam o casamento com a barriga. A relação esfriara poucos meses após o nascimento de Luísa. O cansaço dos primeiros tempos da maternidade era mais forte que os seus desejos ou sonhos.

Nunca soube que um recém-nascido é um minivampiro que suga a energia da mãe e não respeita qualquer limite humano de sobrevivência. Em todos os livros, em todas as revistas, o que Maria Paula via eram as fotos de mães lindas, poderosas, felizes e realizadas.

Quando ela voltaria a dormir mais de três horas? Quando tomaria banho com a porta trancada? Quando leria mais que a primeira página do jornal? Nunca mais assistiria a um filme sem cochilar no meio? Retomaria seu trabalho com eficiência? Teria, outra vez, vida própria?

Aquela angústia permanente, o mau humor, a falta de libido, tudo era tão diferente do que imaginara ser a maternidade. O seu tempo era exclusivo para Luísa.

Mas o pior era a culpa que sentia sempre que pensava em reclamar do cansaço. Ser mãe era uma experiência tão diferente para todas as suas amigas. Elas acordavam cedo, caminhavam, iam ao cinema, gargalhavam, namoravam os maridos, eram fotografadas lindas com seus rebentos.

Seu maior prazer passou a ser aquelas duas horas durante a tarde quando, depois de amamentar, deitava ao lado de Lulu e adormecia. Abrir os olhos e encontrar aquela mãozinha no seu rosto lhe dava uma sensação de felicidade definitiva e uma paz profunda, que se desfazia, num átimo, com o recomeço do trabalho braçal entre fraldas e mamadeiras.

O distanciamento de Renato foi um processo natural. Maria Paula imaginou que, com o tempo, as coisas se acertariam e priorizou Luísa, o que lhe dava muito prazer, apesar do estresse.

Primeiro dente, colégio, balé, festinhas e a ausência prática de Renato durante quase sete anos.

Nos conflitos amorosos, uma vez instalada a crise, nada se resolve naturalmente. Como numa doença degenerativa em um dos membros, a omissão acaba por provocar a gangrena.

Foi difícil para Maria Paula, mas ela tinha Luísa. Aos sete anos, a menina, nem de longe, lembrava aquele bebê dependente e causador de um cansaço eterno. Eram parceiras. Divertiam-se com as descobertas diárias e sobreviveriam sem ele.

Ficou com a casa e com uma pensão de três salários mínimos para a filha que, frequentemente, era depositada com atraso. O valor era insuficiente para a manutenção do padrão de vida. Ela não brigou. Era médica, trabalhava e, orgulhosa, bancava as necessidades da menina.

Durante um ano, Renato deixou de depositar a pensão. Maria Paula não executou a dívida. Dobrou os plantões e, altiva, enfrentou as adversidades, sozinha. Mulher consegue essas coisas.

Pior não era a falta do dinheiro. A ausência de Renato machucava Luísa. Era o único momento em que Maria Paula se permitia um contato com o ex-marido para quase implorar a sua presença. Sabia da intensidade do sofrimento da filha. Ele prometia e não aparecia. Os gêmeos da nova relação e os negócios eram as desculpas de sempre.

Tudo passa. Exceto as lembranças que, naquele momento, eram retomadas com uma vivacidade e levavam Maria Paula às lágrimas diante de mim, uma estranha que a via pela primeira vez.

Como ela podia, agora, concordar com a mudança da adolescente para a casa do pai?

Sentia-se traída por Renato, que, açodadamente, entrou com um processo de guarda sem ao menos conversar antes. Sentia-se traída por Luísa, a quem dedicara, com dificuldades, os últimos quinze anos de sua vida, e que agora transformara o pai em herói e a via como obstáculo para seus programas e projetos juvenis.

A sala de audiências era o único espaço de comunicação entre o casal. O silêncio tinha mais de uma década.

Ouvi Luísa sem a presença dos pais. Ciclotímica, como todo adolescente, não tinha muita clareza sobre a necessidade da mudança, mas tinha vontade de usufruir o convívio paterno. Sob seus olhos, Maria Paula se fazia de "coitadinha", e, se o pai não ajudou mais, foi por orgulho da mãe, que nunca pedia auxílio e preferia fazer tudo sozinha.

Depois de algumas horas de audiência, de algumas catarses e alguns ressentimentos vomitados, sugeri o compartilhamento da guarda. Ambos informariam à filha dos direitos, obrigações e limites. A mãe estava insegura, com medo de deixar transparecer que desistira da luta.

Insisti:

– Vai ser bom, Maria Paula. A Luísa vai experimentar o convívio mais próximo com o pai. Você vai ter mais tempo para retomar a sua vida pessoal. Não encare essa mudança como uma derrota. Preste atenção: a maternidade não é um projeto de sacrifício e renúncia. Também não tem estrelinha na testa pra quem faz tudo certo. Filho aprende muito mais pelo que vê, e você vai ser uma referência muito importante para a sua filha se ela a enxergar como uma mulher segura e protagonista da sua vida.

Antes de chamar Luísa de volta, aproveitei para inserir no acordo o parcelamento da pensão não paga. Era correto. Não era uma questão de honra, apenas um compromisso material.

Maria Paula abraçou sua filha e contou da decisão consensual. Generosidade e incondicionalidade são características naturais do amor. Parece que, nas mães, a dose é sempre maior.

LUANA, 33 anos

Quando fiz o teste de gravidez, antes de contar pra minha mãe, liguei pro Beto. Foi vacilo. A gente saía de vez em quando. Não era um namoro, nenhum compromisso. Mas, cara, ele era o pai. Tinha que ser o primeiro a saber, né?

Quando eu olho pra Nina hoje, me arrependo, mas naquela hora a primeira coisa que passou na minha cabeça foi um aborto. Eu tinha acabado de conseguir uma bolsa para um doutorado. Nem sonhava em ser mãe naquele momento. Liguei pra saber se ele ia comigo na clínica, se me dava uma força com a grana.

Falando assim, parece até que foi uma decisão fácil. Mas foi foda, cara. Passei quase uma semana sem dormir. Eu tinha pesadelo, taquicardia. Ficava imaginando que, se desse alguma merda e eu nunca mais pudesse engravidar, ia ficar louca. Depois imaginava que o Beto podia ficar feliz. Quem sabe a gente tinha um bebê? Mas logo eu caía na real. Claro que não fazia o menor sentido. A gente mal se conhecia. Resolvi que interromper a gravidez era a opção mais acertada.

– Caralho, Beto! Como é que o filho pode não ser seu? Como é que eu ia inventar uma coisa dessas?

O ódio que eu senti quando desliguei o telefone foi definitivo pra eu bancar, sozinha, a gestação. Desisti do aborto. Decidi que seria a melhor mãe do mundo. Minha mãe me deu muita força. Ela também me criou sozinha. Me entendia e me ajudava.

Óbvio que nem liguei pro babaca quando minha filha nasceu. Mas não sabia que, quando fui registrar a Nina e falei que ele era o pai, ia ter um processo e ele saberia do nascimento. Por mim, nunca mais olhava na cara do idiota.

Demorou mais de um ano pra eu ser chamada no Ministério Público e confirmar se o Beto era mesmo o pai da Nina. Mesmo eu insistindo que não queria o nome dele na certidão, a moça me explicou que era um direito da minha filha ter um pai. E que eu não precisava sustentar a Nina sozinha. Não era um favor, mas uma obrigação de quem tem filhos. Concordei só com o registro. Não queria ficar devendo nada para aquele merda.

Você acredita que o cara ainda quis fazer teste de DNA? E já foi logo dizendo que estava duro, que pensava em mudar para São Paulo e procurar emprego. Enfim. Depois de algum tempo, o resultado óbvio da paternidade. E Nina ganhou um pai que nunca viu, que nunca perguntou se ela precisava de alguma coisa ou se eu precisava de ajuda.

Não sentia raiva do Beto. Só desprezo. Eu amava ser mãe, e a Nina é a melhor coisa que já aconteceu na minha vida. Nem sei quem eu seria sem esses olhinhos expressivos me acordando, fazendo carinho e dizendo que me ama.

No final do ano passado, minha mãe morreu. Agora somos só nós duas. Depois de sete anos, pela primeira vez precisei do Beto para pagar a escola. Liguei, e ele não me atendeu. Entrei na Justiça. Na mesma hora, o juiz mandou descontar 30% do salário dele. De lá pra cá, o cara resolveu me infernizar. Entrou com um processo querendo a guarda compartilhada, exigindo que a Nina durma na casa dele. Num passe de mágica, virou pai?!

Pior foi ouvir na audiência que era melhor que Nina tivesse um bom relacionamento com o pai, que eu não tinha direito de privá-la desse contato fundamental para a sua segurança e autoestima. E mais: que eu deveria estimular a aproximação entre os dois. Acredita?!

Eu, que criei minha filha sozinha, que precisei de exame de DNA pra registrar a menina, que nunca pedi um alfinete daquele escroto, agora era a vilã da história.

Que pai, cara-pálida? Que segurança? Que autoestima?

Nina é uma menina linda. Não tem nenhum problema e não precisa desse imbecil usando o processo pra não pagar pensão. Então ele decidiu que vai virar um pai herói, depois de sete anos e com 30% a menos de salário?

É sério que eu estou sendo acusada de alienação parental? É sério que querem me obrigar a ensinar minha filha a amar um pai que ela nunca teve? É sério que tenho que levar a Nina para conversar com psicólogos no fórum e que um juiz vai dizer o que é bom para minha filha? Enquanto eu criei a Nina sozinha, ninguém apareceu para saber de nós.

Ridículo, absurdo e inaceitável. Eles que lutem. Se depender de mim, não movo uma palha para contribuir para essa palhaçada.

Liberdade ainda que tardia

– O senhor está coberto de razão, seu Alberto. Ninguém é obrigado a continuar casado. Não há lei que imponha essa obrigação. O que estamos tentando é encontrar uma maneira justa de dividir o patrimônio que vocês construíram em 43 anos e estabelecer o valor da pensão que o senhor pagará à dona Julieta.

Não era uma partilha simples. Grande parte do dinheiro circulava pelas contas da família à margem da formalidade. Os valores declarados nos impostos de renda eram incompatíveis com os gastos dos cartões de crédito e com a vida opulenta que ostentavam.

Eu havia suspendido a primeira audiência, três meses antes. Julieta e Alberto chegaram com um advogado apenas, representando os dois, para homologar um acordo de divórcio extremamente desigual para as partes.

Na ocasião, Alberto pretendia continuar administrando todo o patrimônio do casal e pagando as despesas da casa onde Julieta permaneceria residindo.

– Já falei pra ela que o que precisar é só me avisar – disse ele, na ocasião.

Não podia ser daquela forma. Ainda que tenham vivido juntos tanto tempo, com o divórcio era natural que cada qual cuidasse da sua vida. Não homologaria um acordo que resultasse na submissão da mulher à dependência voluntariosa do marido. Era dele a vontade de se separar. Era direito dela assumir sua própria vida.

Sugeri que ela procurasse outro advogado, e o processo foi suspenso até aquela nova audiência, que acabara de começar.

Alberto queria o divórcio. Aos 67 anos, apaixonara-se por uma mulher de 32. Ele decidira viver intensamente a nova relação. Seus dois filhos eram independentes e mais velhos que Aninha, sua atual companheira.

Julieta não casou por amor. Isso não era importante naquele tempo. Precisavam de estabilidade, e foi, para ela, uma união conveniente.

Discutir a relação é iguaria fina. Quem precisa cuidar da sobrevivência não pode se dar ao luxo de questionar se o casamento vai bem ou vai mal.

Era um tempo de matrimônios verticais. Mandava o marido. Obedecia a mulher. Do comércio difícil à empresa familiar, experimentaram uma mudança significativa na vida material.

Nada que interferisse no afeto inexistente. A multiplicação dos imóveis, das viagens, os desperdícios possíveis, nada se parecia com as dificuldades dos primeiros anos do casamento.

Julieta nunca trabalhou fora de casa. Nunca se preocupou com as contas. Economizou quando necessário. Gastou o quanto podia, sem qualquer restrição.

Escolheram a vida burocrática a dois. Se insatisfeitos, só os respectivos travesseiros sabiam.

Aos 63 anos, Julieta não imaginava um divórcio na sua vida. Abriu mão da juventude, sem reclamar, para viver da maneira possível. Por que, no início da velhice, teria que se preocupar com tamanha mudança?

Alberto sempre teve seus casos. Ela nunca soube, ou preferiu, convenientemente, não saber. Será que ele tinha perdido o juízo? Estava senil? Não enxergava que a mulher nova só queria o seu dinheiro?

– Se é dinheiro o que ela quer, doutora, eu dou. Ou a Julieta acha que eu tenho que bancar a família dela?

Alberto tinha razão, em parte. De fato, com o seu dinheiro podia fazer o que bem entendesse. O que não era possível, no entanto, era dispor da parte de Julieta.

Tratava a mulher grosseiramente. Parecia querer culpá-la pela interdição de viver sua paixão com a intensidade e a urgência de que se julgava merecedor.

Intransigente, não aceitava nenhuma forma de partilha proposta e se recusava a pagar pensão alimentícia.

Acostumada à submissão silenciosa, Julieta não reagia. Na verdade, nem sequer imaginava que era possível se impor como titular dos seus direitos, especialmente os direitos à liberdade e à dignidade.

Ela não precisava ceder à indevida pressão do marido. Quem tinha pressa era ele.

Se eu tivesse presidido aquela audiência uns dez anos antes, Alberto estaria em maus lençóis. Confesso que eu costumava ter uma certa parcialidade para julgar processos nos quais as mulheres eram trocadas por outras muito mais jovens.

Nada como o tempo para exercitar a compreensão e a generosidade. Nada como ler Mario Benedetti, escritor uruguaio dos amores e da liberdade. O frescor de um amor jovem, em determinado momento da vida, pode significar uma trégua no inexorável destino do envelhecimento e da morte.

Pouco importava para Alberto se era recíproco ou interessado o afeto de Aninha. Tinha que apostar os anos que lhe restavam em um novo projeto que desse sentido à sua vida.

Não que aquele Alberto, sentado na minha frente, tivesse sensibilidade para entender o que lhe acontecia. Seu comportamento tosco revelava que pouco aprendera da vida e do afeto.

A forma com que se comportava na audiência deixava transparecer sua insensibilidade. Acostumado com o domínio e com a lógica irracional do "quem paga manda", achou que estava sendo convincente quando me interpelou:

– A senhora é uma mulher independente. Aposto que não acha razoável alguém viver de pensão alimentícia. Os direitos não são iguais? Eu não tenho direito de ser feliz?

Quase perdi a paciência. Ensaiei dizer a ele que, para que os direitos fossem verdadeiramente iguais, era necessário que os homens parissem e amamentassem. Depois, sim, poderíamos conversar.

Mas não era a escolha de Alberto que eu estava julgando. Eu não podia ser passional. Também não pretendia falar em nome de Julieta. Embora temporariamente assustada com seu novo papel, com o tempo ela assumiria as rédeas da sua vida. Falei com cuidado:

– Seu Alberto, nós não estamos tratando de um casamento breve. Foram 43 anos de vida. A dona Julieta nunca trabalhou. Não é agora, aos 63 anos, que ela vai conseguir um emprego. O senhor tem todo o direito de casar outra vez e ser feliz. Ela também. Olhe para trás. Aposto que, numa balança, as lembranças melhores pesam mais que os desencontros.

Propus uma forma de partilha que aprendi com uma colega, Maria Lúcia Karam, em sua rápida e intensa passagem pela Vara de Família: ele dividiu o patrimônio, ela escolheu a metade que quis.

Resignada, Julieta pediu que ele continuasse administrando a sociedade comercial. Embora péssimo marido, era excelente negociante.

Desarmado o espírito, ele ainda tentou barganhar o valor da pensão. Aproveitei que o clima desanuviara, que os dois estavam conversando amistosamente, e propus uma quantia razoável. Disse a ele:

– Olha, seu Alberto, o senhor quer se divorciar. Vai casar de novo, com uma moça que tem menos da metade da sua idade. Já que o senhor falou em direitos iguais, vamos ajustar a quantia. – Continuei: – A vida tem sido pródiga com o seu gênero. É comum que os homens, ricos ou não, encontrem mulheres jovens disponíveis. Com as mulheres, no entanto, o quadro é diferente. Como dizem umas amigas: "A pista tá cheia!" Para a dona Julieta viver bem, sozinha ou acompanhada, vai precisar de um bom dinheiro.

Durante os cinco anos seguintes, Alberto pagaria a pensão. Enquanto isso, Julieta aprenderia a administrar sua vida emocional e seu patrimônio. Nunca é tarde para experimentar a liberdade que se anuncia.

Sem crime, sem castigo

– Vou tentar esclarecer pela última vez, Rosana. Você pediu o divórcio. Você pediu pensão, indicou como quer que o patrimônio seja dividido. Ainda disse que pretende a guarda das crianças e regulamentou a visita do pai. Certo?

Até aqui, Rosana parecia entender e concordar. Mas o imponderável vinha a seguir. Continuei:

– O Rodrigo concorda. Não só com o divórcio, mas com todas as condições que você estabeleceu.

Havia mais de uma hora, eu tentava fazer a mulher entender que transformar um pedido de divórcio judicial em consensual não significava mudar nada do que ela queria.

Mas o que Rosana não podia admitir era sair do fórum, divorciada, sem que fosse reconhecida a culpa do marido pelo fim do casamento.

Intrigante aquele sentimento. Mesmo desejando o fim, Rosana precisava de um documento oficial a eximindo da responsabilidade por não ter sido capaz de manter a união até o túmulo.

Deve ser verdade que a paixão priva os sentidos. Não fosse isso, como seria possível que alguém prometesse ao outro fidelidade, amor, todos os dias da vida, até a morte?

Para sempre, nunca, infinita e eternamente me pareciam advérbios vinculados a um tempo de adolescência da alma, no qual não se morre e não se espera.

No entanto, naquele estado de entorpecimento, era natural e óbvio acreditar em um cotidiano diferente todos os dias da vida. Assim, as pessoas se uniam. Assim, Rosana e Rodrigo casaram e juntos viveram treze anos.

– Eu não podia continuar suportando tanta humilhação, doutora. Ele me traía. Saía com outras mulheres. Todo mundo sabia. Menos eu.

Eu já havia entendido que Rosana entrara com o processo porque acreditava que o marido tinha outros relacionamentos. Mas ele concordava com tudo o que ela queria. Para que diagnosticar a culpa?

Não havia sentido em apurar quem era o mocinho e quem era o bandido na separação. Aliás, sempre tive muita dificuldade com esses conceitos. Nunca entendi a finalidade de se determinar quem é o responsável pelo fim do afeto.

Rosana insistia. Não era pela incapacidade de amá-la que Rodrigo deveria ser punido. A culpa era pelas sucessivas traições. Então fidelidade era apenas um conceito formal? Ele assumiu o dever da monogamia quando casou e não honrou o compromisso.

– Tem que haver uma sanção! – bradou ela.

Rodrigo, impaciente, resolveu se defender. Não precisava, mas ele fazia questão. Só ela falara até então.

Mesmo não sendo relevante para o julgamento do processo, toda vez que percebo que há incômodos ou angústias subjacentes, permito que as pessoas usem o espaço da audiência para tentar resolvê-los.

Muitas vezes, o desgaste é de tal ordem que somente ali, diante de um juiz, eles conseguem verbalizar os sentimentos, como se contassem com a ajuda de um tradutor.

Rodrigo queria encerrar imediatamente o assunto. Não a traiu muitas vezes nem teve tantas mulheres, como ela dissera. O ciúme de Rosana foi minando o amor.

No começo, ele concordou em deixar a pelada com os amigos, às quintas-feiras. Também era bom tomar um vinho com a companheira.

Depois, foi se afastando paulatinamente dos conhecidos. Para Rosana, todas as mulheres com quem o casal convivia eram amantes em potencial de Rodrigo. Ele achava graça. Sentia-se sedutor, poderoso.

Com o passar do tempo, foi ficando chato. As viagens que fazia a trabalho eram ocasiões, como insistia Rosana, nas quais ele, certamente, levaria as namoradas. Impaciente, Rodrigo nem respondia.

Quando não tinha mais o que controlar, Rosana passou a querer se apropriar dos pensamentos e fantasias do marido. Não o deixava em silêncio sem questionar o motivo. Não respeitava sua individualidade. Fez um escândalo quando encontrou, no escritório, uma revista masculina. Ele cansou.

A metástase, originada no ciúme, atingiu de morte o amor.

Rodrigo não teve coragem de pedir a separação. Deixou rastros para que Rosana tomasse a iniciativa.

Assim foi feito. Não contava Rosana, contudo, com a aquiescência fácil dele. A facilidade com que Rodrigo concordou com o fim demonstrava que ele não se arrependera nem pretendia o seu perdão.

Pedi licença ao casal e rapidamente encontrei na internet um texto de Barthes que me ajudaria a encerrar aquele ato.

– Escuta, Rosana: "O homem ciumento sofre quatro vezes: por ser ciumento, por se culpar por ser assim, por temer que o seu ciúme prejudique o outro, por se deixar levar por uma banalidade; ele sofre por ser excluído, por ser agressivo, por ser louco e por ser comum."

Nem ciúme, nem culpa, nem arrependimento constroem novas possibilidades. Uma sentença declarando a traição não aliviaria qualquer dor.

O que tive vontade de fazer (e não fiz), antes de homologar o acordo consensual, foi colocar a música de Chico Buarque e perdoá-la por ter sido traída.

Temi ser invasiva e tive receio de não ser compreendida.

Mas eu amo aquele homem...

Naquele dia, Marli respirava melhor. Arrumada e maquiada, o único resquício das marcas avermelhadas do mês anterior só podia ser percebido por quem então a tivesse visto.

A lembrança do rosto roxo e do braço queimado pelo ferro de passar eram imagens que nunca consegui esquecer. Mas o pior foi o olhar de Marli, opaco e constrangido. Se fosse dado aos olhos o direito de falar, aqueles confessariam um sentimento de culpa e medo. Marli tremia. Sentia-se responsável pela humilhação que sofria.

Mais de dez anos de casamento. Um histórico de violência permanente. A primeira agressão veio logo após o nascimento do primogênito. Preferiu calar. O choro do bebê estressava mesmo. Tinha certeza de que não voltaria a acontecer. Foi só uma sacudida. Ele estava nervoso. Não tocaram no assunto e, depois de um tempo, a vida retomou seu rumo.

Toda dor sepultada no silêncio cria raízes profundas. Ainda que permaneça embaixo da terra durante algum tempo, um dia, de repente, brota devastando a superfície ao redor.

Foi o que aconteceu. Tempos depois, alimentada pelo silêncio e pelo medo, a violência emergiu com nova roupagem. Desfilava na passarela de um circo dos horrores, ora vestida de ameaça, ora de agressões verbais. Em algumas ocasiões, com poucas luzes e nenhuma plateia, os trajes de violência física machucavam o corpo e aniquilavam a alma.

No início, Marli acreditava, sinceramente, na transitoriedade da dor. Mas, alimentado pela omissão, o domínio de Estevão se ampliava e confinava a mulher numa prisão sem trancas aparentes.

Algumas poucas vezes ela pensou em reagir, em falar com alguém, em procurar a polícia. Tinha vergonha. Suas amigas jamais a perdoariam por ter ficado tanto tempo calada. Sua mãe não aceitaria sua submissão voluntária. Todos cobrariam uma reação da qual ela não era capaz. Sentia-se culpada porque era vítima.

Fragilizada, o único colo que encontrava, por mais paradoxal que parecesse, era o do próprio marido. Passado o estado agudo da violência, Estevão a acolhia. Chorava. Enchia-a de carinho e jurava nunca mais fazer aquilo. No final, ela pedia desculpas. Muitas vezes, amavam-se.

O ciclo não terminava. Possivelmente, a roda giraria até o fim da vida dessa forma, não fora a publicidade do último descontrole.

Acordados pelos gritos da mãe, os filhos correram para o corredor do prédio. Pediram ajuda. A vizinha ainda chegou a tempo de assistir a uma cena que jamais esqueceria: o ferro cauterizando o braço de Marli, sob o comando feroz e irracional de Estevão.

Polícia, delegacia, corpo de delito. Não era possível retroceder.

Ainda não havia a Lei Maria da Penha. Algumas mulheres eram humilhadas quando recebiam o julgamento dos seus processos, que terminavam com a condenação dos agressores ao pagamento de cestas básicas. Outras, ainda nas delegacias, eram desencorajadas a fazer registro da ocorrência com a pergunta inoportuna:

– Mas aposto que a senhora provocou ele, não foi?

Marli precisava, com urgência, do afastamento de Estevão da casa. Procurou uma advogada. Num átimo de coragem, vomitou toda a dor experimentada em quase uma década.

Marquei uma audiência sem a presença do marido. No início, envergonhada, Marli não conseguia falar. Só chorava. Procurei deixá-la mais à vontade. Disse que estava acostumada com situações como aquela. Tentei minimizar a importância da sua experiência. Infelizmente, os processos de violência doméstica eram muitos. Eu mesma já presenciara violências mais perversas (como se fosse possível comparar a dor).

– Marli, nada do que você contar vai me surpreender. Essas coisas acontecem com a gente. Você não é a primeira e, lamentavelmente, não será a última.

O relato de Marli me embrulhou o estômago. Fortalecida pela minha intervenção, ela narrou com detalhes a agressão sofrida. O medo, os socos, os pontapés, a humilhação do rosto sangrando na frente das crianças, o desespero que a levou para o corredor, onde, diante de perplexos vizinhos, continuava a apanhar sem reação ou resistência.

Não tive dúvidas. Afastei Estevão de casa, e o processo seguiu.

Na sua resposta, o marido tentou desqualificar a denúncia. Era um homem de bem. Trabalhador, excelente pai, nunca deixou faltar nada em casa. Vivia para a família. O descontrole causado, possivelmente por algum medicamento, foi isolado. Sentia-se injustiçado. Saiu de casa como um criminoso. Não concordava com a separação.

Agora, estávamos ali. Prestes a começar a audiência para decidir se o afastamento do lar seria definitivo. Embora todos tivessem sido intimados, apenas Marli e sua advogada estavam presentes.

Antes de iniciar a sessão, a advogada pediu a palavra:

– Excelência, eu estou aqui hoje apenas para cumprir minha obrigação profissional. – O tom da voz era grave. Presumi que havia algo errado. Ela prosseguiu: – Não tenho muito a dizer. Trouxe dona Marli aqui para que ela explique a decisão que tomou.

Marli enrubesceu. Num sussurro, ela me confidenciou que pensara melhor. Gostava muito de Estevão. As crianças sofreriam com a separação.

– Ele está muito arrependido, doutora. Aprendeu a lição. Nós vamos tentar outra vez.

A advogada interrompeu e, com toda a autoridade, sentenciou:

– Já avisei para ela que, se apanhar de novo, não me procure!

A advogada estava pessoalmente agredida com a decisão de Marli. Sentia-se desprestigiada. Como mulher e como profissional, não podia admitir a hipótese de um retrocesso naquele contexto.

Marli me olhou nos olhos e concluiu:

– O que é que eu posso fazer doutora? Eu amo aquele homem...

– Doutora – falei para a profissional –, nós não estamos aqui para julgar a sua cliente. Cada um é livre para escolher o seu caminho.

Olhei nos olhos da mulher e tentei ser verdadeiramente generosa.

– Marli, a opção é sua. O que eu posso fazer é garantir que, se não funcionar e você voltar a ser agredida, eu o afasto novamente de casa. Por favor, fique atenta. Você não é obrigada a se separar. Muito menos é obrigada a se submeter a qualquer violência. Se você permitir, deixo uma sugestão que pode ajudar. Procure uma terapia. Se fortaleça! Qualquer escolha é mais verdadeira quando há liberdade e autoestima. Amor só rima com dor nas poesias. Não é possível amar quando um se submete ao domínio do outro. Pense nisso...

Ultrajada, a advogada não se conformava com a escolha de sua cliente. Foi um processo difícil, as provas eram favoráveis. Sairiam vitoriosas. Como Marli jogava no lixo todo aquele tempo de trabalho e dedicação?

O argumento final veio de Marli. Encarando sua patrona, falou:

– Doutora, eu entendo tudo o que a senhora disse. Eu sei, também, que não quero nunca mais passar a humilhação que passei. Mas ele me prometeu, jurou mesmo que nunca mais me encosta a mão. Eu prefiro acreditar.

Olhou nos meus olhos e encerrou:

– A gente não escolhe onde coloca o desejo.

Pensei em fazer um discurso sobre igualdade e justiça. Não era o palanque adequado. Desejei boa sorte. O combate à epidemia da violência de gênero precisava de ações políticas mais abrangentes e efetivas. Marli, naquele momento, só precisava de coragem. E compaixão.

VIVIANE, 38 anos

Serenidade? Tranquilidade? Em que mundo vive esse povo, meu Deus?!

São doze anos vivendo um inferno. Eu não conseguia enxergar o que estava acontecendo. A primeira vez que ele me ofendeu foi logo depois do nascimento da Aninha. Eu estava superinsegura, ansiosa, louca para dormir uma noite inteira. Ela com cólica o tempo todo. Eu amamentando de madrugada, chorando, imaginando que nunca mais eu ia conseguir descansar. Coloquei ela pra arrotar, deitei ela devagar, tentando não fazer barulho. Assim que eu entrei debaixo das cobertas, ele virou para o lado, sem me olhar e disse que eu estava uma vaca, descuidada e que não tinha casado com uma mulher assim.

Eu não falei nada. Estava me achando horrível mesmo.

Pouco tempo depois, ele me convenceu a parar de trabalhar para cuidar da minha filha. Fiz as contas e achei que podia ser uma alternativa razoável. Assim que ela fosse para a creche, em um ou dois anos, eu voltaria ao batente. Mas o tempo foi passando, ele me criticando, desqualificando minha capacidade. Àquela altura do campeonato, minha autoestima estava no pé.

Não achei que tinha condições de reassumir minhas funções. Fui usando minhas reservas. Fiquei em casa.

As grosserias foram aumentando. Ele não tinha mais nenhum pudor de me ofender na frente dos amigos, da família. Minha mãe, um domingo, me chamou em um canto e disse que eu era livre para viver do jeito que eu quisesse, que ela me daria todo o apoio. Não tive coragem de contar para ela o quanto eu estava péssima. Lembro dela se despedir de mim e dizer:

— Você sabe quem você é. Se você escolher continuar se humilhando, é porque merece.

Daí para a frente, eu me afastei de todo mundo. Tinha medo de ser julgada porque era fraca, incapaz. E os gritos aumentavam de volume, as ameaças eram diárias. Até que ele me deu um soco, quando reclamei que ele estava diferente.

Me tranquei no quarto, soluçando. A Aninha não acordou. No dia seguinte, ele me pediu desculpa, falou que perdeu a cabeça. Achei melhor acreditar.

Se não fosse a ajuda da minha vizinha, acho que eu estaria morta hoje. Uma tarde, ela ouviu os gritos, subiu e esmurrou a porta. Ele abriu, tentando me esconder, mas ela havia chamado a polícia. Ela ficou do meu lado, me levou para conversar com uma amiga dela que é psicóloga. Só foi para casa depois que as medidas de proteção, proibindo que ele se aproximasse de mim, foram garantidas no plantão.

Faz um ano que a gente se separou. E só agora consegui pedir o divórcio. Na audiência de conciliação, o moço disse que eu não devia falar mal dele para a Aninha, que isso podia ser ruim para o crescimento dela, que eu devia estimular minha menina a conviver com o pai.

Eu mal conseguia olhar na cara dele. Imagine se eu posso elogiar o monstro que me violentou mais de dez anos.

Essa história de que o cara só tem problema com a mulher, mas é bom pai, é uma mentira deslavada. Não quero que Aninha conviva com um pai que bate na mãe da própria filha.

A advogada já me avisou que a juíza vai definir os dias da visita, que é direito da criança.

Por isso que eu não acredito na Justiça.

Gabriel no Alemão

– Doutora, tem um menino aí no balcão dizendo que, se a juíza não resolver o problema dele hoje, vai virar traficante no morro do Alemão.

Mas logo no morro do Alemão?! Era uma segunda-feira. Dia seguinte ao da ocupação da favela mais violenta do Rio de Janeiro pela Polícia Militar para a instalação da Unidade de Polícia Pacificadora. Os jornais comemoravam o dia D como se a cidade tivesse amanhecido em paz, sem armas, sem tráfico, sem corrupção. Como se, de uma madrugada para outra, todos tivessem saído às ruas para comer biscoito Globo, aplaudir o sol se pondo na praia de Ipanema de mãos dadas com o Cristo Redentor e cantar "Cidade Maravilhosa".

Logo no dia em que o Rio amanhecia Zona Sul aquele menino ameaçava virar bandido?!

Foi uma semana atípica. Carros incendiados, sensação de pânico, falta de lucidez, o coro do "mata e esfola" ganhando corpo. Não fosse uma nota solitária do psicanalista Luiz Py no Facebook e uma lúcida entrevista do sociólogo Luiz Eduardo Soares para salvar a semana, confesso que demoraria alguns meses até recuperar a fé na humanidade. É impressionante como o medo compromete a racionalidade.

A tarde era longa. Doze audiências, tempo cronometrado, filho esperando carona no fim da tarde, e o moleque, insistente, atormentava o cartório, dizendo que só ia embora depois de falar com o juiz.

Achei graça na abordagem do guri e mandei entrar.

O projeto de traficante era franzino, brilhava de tão negra a pele. Os dentes brancos e o sorriso aberto contrastavam com as ameaças anunciadas.

– Então é você que tá pensando em mudar pro Alemão?

Visivelmente constrangido pela perversa arquitetura da sala de audiências, respondeu:

– É isso, não, moça. Eu tô tentando acertar uma parada já tem um ano, e essa demora tá me dando revolta. Não tenho tempo pra ficar voltando aqui toda hora, não. Eu trabalho todo dia.

– Então não quero te atrapalhar. Diz pra mim que parada é essa e o que é que eu posso fazer?

– Olha, moça, a senhora não pode fazer nada, não. Tem que ser um juiz.

– Vamos começar de novo. Muito prazer, eu sou a juíza.

O olhar do menino denunciava sua incredulidade. Mesmo naquela situação, ele tinha clareza do que era um magistrado, e seguramente a imagem era muito diferente do que ele encontrou ali.

Precisei de algum esforço para representar a autoridade idealizada e continuei:

– Qual é o problema que você tá tentando resolver?

– Ontem, fui buscar uma cesta básica na Secretaria, e, quando eu tava voltando, uns PMs me pararam e acharam que eu tava roubando a cesta. Mostrei minha carteira de trabalho, e só tem meu nome. Tô tentando há mais de ano resolver o resto, e todo dia me mandam voltar depois. Agora inventaram que eu tenho que fazer um exame pra provar quando eu nasci.

Mandei buscar o processo. Gabriel era um de seis irmãos, abandonado pela mãe e sem qualquer documentação. Três anos antes, uma equipe do Serviço Social encontrou o grupo de crianças na rua e levou para um abrigo. Na época, imediatamente se determinou o registro de todos, apenas com o nome. Alguns voltaram para a casa de familiares, outros alcançaram a maioridade, perderam o fraterno contato e nunca mais souberam da mãe ou descobriram quem era o pai.

Por mais paradoxal que seja, pode-se dizer que Gabriel teve alguma sorte. Conseguiu emprego, tirou carteira de trabalho, tinha uma casa para morar e dinheiro para o aluguel.

Havia quase dois anos corria atrás do déficit de cidadania. Envolto na burocracia excessiva e nas estantes de processos que se avolumam na medida em que se ampliam as diferenças sociais, seu caso foi tratado como um entre tantos.

Tentou-se em vão a localização da suposta mãe, dos irmãos, de testemunhas. Ofícios, citações por edital etc. Na falta de qualquer comprovação quanto à sua idade, aguardava-se um exame médico que indicasse o ano de seu nascimento.

Nada mais inoportuno do que um processo para traduzir a eloquência do olhar de Gabriel. Nada mais perverso do que o absurdo de submeter um ser humano a exigências obtusas. A rede legal de proteção é para ser usada a favor do cidadão, e não se pode transformar em suspeito um menino que jamais protagonizou sua vida nem possui instrumentos mínimos de inserção social.

Gabriel afirmava no seu pedido inicial que era filho de Maria da Silva, não sabia quem era seu pai e nascera em Petrópolis no dia 20 de dezembro de 1991.

A excessiva cautela para a comprovação desses dados remontava às lições ainda da faculdade: cuidado para não registrar um óbito inexistente e livrar alguém de uma condenação! Cuidado para não alterar a idade na certidão e eximir um maior da responsabilidade! Cuidado com fraudes no sistema previdenciário! Cuidado! Cuidado!

Tantos cuidados e nenhum cuidado para atender com presteza quem mais precisa da justiça. Tanta cautela e nenhuma preocupação em acreditar no que afirma um ser humano, sem presumir sua má-fé ou sem transformar em investigado quem existe sem um papel que o transforme em cidadão.

Ouvidas essas observações e olhando no olho de Gabriel, a promotora desistiu das provas solicitadas.

– Então, Gabriel, você é filho da dona Maria e nasceu em Petrópolis, no dia 20 de dezembro de 1991?

– Posso pedir uma coisa, doutora?

– Pois não.

– Dá pra eu nascer dia 1? É que dia 20 fica muito perto do Natal e todo mundo esquece do meu aniversário.

Quase vinte anos sem registro, dois anos num emaranhado burocrático para provar que existe, a vergonha de ser confundido com um ladrão de cesta básica, a iminência de virar traficante no morro do Alemão, dezenove dias de antecipação de um nascimento?

– Claro que dá!

Determino a retificação no assento de nascimento de Gabriel para que ali passe a constar o nascimento de Gabriel da Silva, filho de Maria da Silva, nascido em Petrópolis no dia 1º de dezembro de 1991.

– Não tem recurso, Gabriel. Leva de uma vez o mandado.

Só com o papel na mão que Gabriel, finalmente, acreditou que eu era juíza.

As melhores intenções

O choro compulsivo de Cecília interrompeu a áspera discussão travada por Antônio Carlos e Denise.

– E eu, que não fiz nada errado, que não escolhi nada em nenhum momento, como é que eu fico agora?

Antônio Carlos levantou-se, dirigiu-se para o outro lado da mesa. Abraçou a filha recém-reconhecida, beijou sua cabeça. Chorando e soluçando, repetia:

– Desculpa, querida. Eu nunca pude imaginar que você existia.

O choro de Denise completou a catarse coletiva, e, disfarçadamente, enxuguei uma teimosa lágrima que insistia em escorregar pelo canto do olho. Respirei fundo para conseguir retomar o final da audiência.

Há 22 anos, numa festa de formatura, as vodcas, a música romântica e os amassos intensos acabaram por derrubar, na cama de uma república de estudantes, Denise e Antônio Carlos para uma única noite juntos. Ela era filha do dono da cantina do campus. Ele, paulista do interior, acabara de se formar e empacotara as malas para o retorno a Catanduva. Assumiria, em pouco tempo, a clínica de odontopediatria da família.

Já casado, pai de três filhos adolescentes, nunca mais voltara à cidade onde estudou. Surpreendido com a citação para responder à ação de investigação de paternidade, dividiu a angústia com sua mulher. Num esforço de memória, recordou-se do único e provável dia no qual ele poderia ter sido o responsável pela fecundação daquela que, agora, era a autora do processo.

Diferente de muitos homens que, imediatamente, se protegem sob o manto da hipocrisia e da irresponsabilidade, Antônio Carlos entrou em contato direto com a mãe de Cecília. Foi uma surpresa quando Denise lhe disse não ter, até ali, tomado conhecimento da ação proposta pela filha.

Antecipando-se à justiça, submeteram-se a um exame de DNA, numa clínica particular, e, com o resultado nas mãos, o pai biológico da moça solicitou uma audiência para reconhecer a paternidade e oferecer pensão alimentícia.

Como só haviam se encontrado no dia da coleta do sangue, aquela era a primeira vez que Antônio Carlos e Cecília se enxergavam como pai e filha, passados 21 anos. Era natural um acerto de contas. Era esperada a curiosidade sobre o passado. Era previsível que Cecília quisesse respostas para as perguntas que a atormentaram principalmente na última década da vida.

Ter apenas o nome da mãe na certidão de nascimento sempre foi um desconforto. Nas festas do colégio, na fila das vacinas, nas fichas de emprego, nos atos mais corriqueiros do cotidiano, o pai, como um espaço em branco, era a tradução de uma existência repleta de lacunas.

Nunca Denise fabricou um pai idealizado para sua filha. Cecília sabia que o pai não a conhecia e que a mãe perdera o contato com ele.

A adolescência da moça foi o período mais complicado. No embate para estabelecer limites, Denise era sempre derrotada. O pai, em branco e preservado pela ausência, ocupava o espaço da sensatez, da lucidez, do equilíbrio.

"Meu pai faria diferente. Meu pai me deixaria viajar. Meu pai me compreenderia. Meu pai não perderia o controle. Meu pai isso, meu pai aquilo", repetia Cecília para a mãe, nos momentos de discussão e conflito. A pausa para tanto pai veio com a aprovação no vestibular e o início de um namoro.

Pausa curtíssima, é verdade. Logo recomeçaram as perguntas, e, agora, com a insistência madura, não havia como sonegar da filha seu direito à identidade: o pai tinha um nome, vivia em outro estado. Era dentista.

O resto das informações veio do oráculo virtual contemporâneo. No Google, Cecília localizou os dados do suposto pai e, na Defensoria Pública, ajuizou a ação.

Vendo-os um ao lado do outro, percebi como são curiosos não só a herança genética, mas os gestos e as predileções. Sem nunca ter conhecido a profissão do pai, Cecília optou pela mesma carreira.

Curioso esse milagre que permite que duas pessoas se relacionem pontualmente, continuem desconhecidos um do outro e tenham capacidade de produzir, num segundo, uma outra alma, vínculo definitivo entre eles.

Verdadeiramente emocionado, Antônio Carlos se desculpava pela história da qual nunca sonhou em participar. Jamais passou pela sua cabeça a possibilidade de ter uma filha, mulher, naquela idade. Inteligente, carinhosa, Cecília se recusava a aceitar qualquer ajuda financeira. Não era esse seu objetivo.

Acostumada a assistir a outras audiências de investigação de paternidade, em que os pais, mesmo após a comprovação do vínculo biológico, reagem com ódio e repulsa à situação, sentindo-se injustiçados com a condenação do pagamento de pensão, era surpreendente perceber a insistência com que Antônio Carlos fazia questão de assumir as responsabilidades com a educação e a saúde de Cecília.

Denise, acusada por Antônio Carlos de ser a culpada pelo tempo perdido, pela aniquilação das memórias e lembranças jamais vividas, pela arbitrariedade com que decidiu o destino dele e da filha, quis contar a sua versão da mesma história.

Ela era mais velha que ele. Nunca planejou uma produção independente. Não havia entre os dois qualquer vínculo de afeto, senão a única vez em que, prazerosamente, se encontraram e se relacionaram.

Quando soube da gravidez, embora tenha pensado em procurá-lo, achou que não seria correto nem justo. Ele estava começando a vida. Ela não tomou os cuidados necessários para evitar uma gestação. Ela assumiria a filha e em nenhuma hipótese ocuparia o futuro do rapaz com uma preocupação, que considerava de sua responsabilidade exclusiva.

Criou Cecília, com algumas restrições materiais, mas tentou ensinar à filha os princípios de honestidade, dignidade, solidariedade que eram, também, os seus. Só recentemente percebeu que não bastava sua vontade para que a vida prosseguisse no rumo escolhido. A filha crescera. Era curiosa. Exigia a verdade. Por melhor mãe que Denise tenha sido, era impossível representar o papel de pai, fundamental para a existência da filha. Compreendeu, embora tarde, o equívoco da decisão de tantos anos atrás.

Não era possível reconstruir o passado. Não era possível restituir, ainda que sob a forma de indenização, os danos causados. O arrependimento não construiria uma nova história nem projetaria um presente diferente.

Era fundamental, no entanto, para que a vida dos três continuasse com qualidade e leveza, que se conhecessem os fatos e as escolhas. Da verdade escancarada dependia o futuro.

– Cecília – dirigi-me à menina, comovida com o que assistira –, depois de tantos processos de investigação de paternidade que já julguei, posso lhe assegurar que você tem muita sorte. Ninguém tomou nenhuma decisão, todo esse tempo, senão na direção do mais digno, do mais correto, do bem do outro. Nem sempre as melhores intenções constroem as melhores histórias, como você pode ver, mas ainda tem muita estrada pela frente.

Ela concordou com o auxílio do pai para as despesas com a faculdade e com o plano de saúde. Combinaram uma viagem no fim de semana para conhecer os irmãos.

Denise respirava um pouco aliviada. Estava convencida de que fizera o melhor que podia naquelas circunstâncias.

Ele amava Catarina

Dizem que na vida a gente se acostuma com tudo. Não é verdade. Todas as vezes que determinei o sepultamento de algum indigente, a sensação de angústia se renovava como se jamais tivesse experimentado aquele vazio.

Normalmente, os mortos eram homens, negros ou pardos, adultos. As causas das mortes, invariavelmente violentas. Não foi diferente naquela manhã de terça-feira.

Recebi um pedido de autorização para registrar o óbito de Leomar Batista. Nenhum documento. Nenhum dado sobre sua vida. Nenhuma testemunha para comprovar que aquele homem de aproximadamente trinta anos foi Leomar enquanto viveu.

A identificação datiloscópica foi prejudicada pelo avançado estado de decomposição do corpo. As múltiplas fraturas no rosto impediam o reconhecimento fisionômico.

O requerente – assim estava na petição –, tio materno, o reconheceu por uma tatuagem no membro superior direito, com o nome feminino Catarina, conforme a fotografia encaminhada por fax pelo **IML**.

Na minha presença, o tio Jaílton não podia afirmar, com alguma certeza, se aquele homem era de fato seu sobrinho.

Na verdade, Jaílton estava contrariado. Acordara cedo. Antes das quatro. Precisava chegar à garagem a tempo de consertar um pequeno defeito no arranque do ônibus.

Antes mesmo de conseguir alcançar as chaves do veículo, foi chamado urgentemente à gerência. O peito gelou. Com 36 prestações para pagar nas Casas Bahia, não podia perder aquele recente emprego de carteira assinada. Em dois meses de trabalho, a confiança restabelecida nos rumos do país foi o que bastou para que, de uma única vez, e em 36 meses, comprasse os móveis da sala, o fogão de quatro bocas e uma televisão de plasma. A geladeira era supérflua e podia esperar pelo primeiro 13º em quase dez anos.

O alívio foi inevitável quando deparou com um policial da 105ª DP querendo falar com ele. Tinha medo do desemprego, mas não devia nada à polícia. Claro que era um engano.

Tinha, sim, uma irmã que havia morrido. Soube, sim, que ela tivera um filho. Ouviu, sim, falar que o rapaz não era coisa boa. Uma vizinha contou que ele vivia com uma mulher. Achava que o nome dela era Catarina. Podia até acompanhar o policial ao Instituto Médico-Legal, mas não podia garantir se reconheceria aquele que agora soube chamar-se Leomar.

As fraturas no rosto e o tempo de decomposição impediam qualquer certeza. Sobre a mesa gelada, um homem de aproximadamente trinta anos. A morte foi atestada pelo médico-legista. O doutor presumiu que, no dia 11 de outubro de 2010, aquele que um dia foi um ser humano respirou pela última vez às 16h58.

Nenhuma dúvida quanto à *causa mortis*: "Traumatismo cranioencefálico, fraturas múltiplas no crânio e na face, feridas transfixiante--torácico-abdominais, projétil de arma de fogo, ação perfurocontundente."

Jaílton observou o corpo. Nenhum sinal de dor. Nenhum inconformismo. Não enxergava naquela massa qualquer grau de parentesco ou proximidade com sua vida. Só lamentava uma morte prematura e naquelas condições. Mas, como dizia sua mãe, "sua alma, sua palma". E cada um que arcasse com as escolhas que fez.

Olhou para o relógio. Não podia demorar ali.

No braço do corpo gelado, uma tatuagem. O nome Catarina no meio de um coração com um pedaço de flecha para cada lado. Era o sinal de que precisava para abreviar a história. Aquele homem era Leomar, filho da sua irmã. Nada mais sabia do finado. Nenhum documento nem pista de endereço ou filhos deixados. Agora podia voltar para sua labuta.

— Como ainda não? Só pode enterrar com ordem do juiz? Já está assinado o documento. Não tenho tempo para perder na defensoria nem no fórum. Lá é tudo muito lento. Duvido que saia antes das seis. É o seguinte, doutor, se não resolver logo isso, o corpo fica por lá. Não sei nem quem era aquele moleque. Cada um com seu cada um, certo?

Precisou se acalmar. Diante de mim, revelou que o reconhecimento apressado foi a maneira que encontrou para se livrar rapidamente do problema. Impossível saber quem era o cadáver.

— A senhora viu o estrago, doutora?

Como alguém podia viver trinta anos e acabar assim? Ninguém sentiu sua falta? Ninguém denunciou seu desaparecimento? Aquele homem tinha pai, mãe, irmãos? Sua rotina era tão solitária quanto sua morte? Quem carregaria seu caixão? Quem faria uma oração por sua alma?

O sepultamento era urgente. Nada justificava a permanência do cadáver nas poucas geladeiras disponíveis. O abandono não o deixaria insepulto.

Determinei a coleta e o armazenamento de material genético. Tinha esperança de que, no futuro, se alguém se interessasse pela procura, pudesse ver reconstruída a história daquele homem que morreu sozinho.

Dizem que toda morte é assim. Solitária. Essa é mais uma daquelas coisas com as quais não se acostuma. O atestado de óbito era um documento público de negação, de ausência, de falta de humanidade.

Determinei o sepultamento de um homem desconhecido, filiação, profissão e endereço ignorados. Não pude afirmar se deixou bens, filhos ou testamento.

Só se sabe que morreu violentamente no dia 11 de outubro, às 16h58.

O dado mais importante da sua vida não constou do registro: ele amou Catarina.

Fiel todos os dias da vida

– Tem coisa melhor do que conhecer Paris com namorada nova, doutora?

Apertando as mãos de Guiomar, num gesto de carinho explícito e a olhando nos olhos, aquela pergunta poderia ser interpretada como uma declaração de amor de Francisco. Exceto pelo fato de estarmos no meio de uma audiência de divórcio, pedido pelo próprio galanteador.

O acordo era extremamente generoso para a mulher. Além de pensão alimentícia por prazo indeterminado, Francisco fazia a doação do apartamento onde moravam para Guiomar. Aquilo parecia algum tipo de fraude ou simulação, comuns naqueles tempos de crise econômica. Pouco confortável para homologar as cláusulas, questionei:

– Vocês estão casados há pouco mais de dois anos. São maiores, capazes e podem fazer o que quiser com o patrimônio, mas vejo que o sr. Francisco já tem mais de 40% de desconto na aposentadoria para pagamento de outras pensões.

Apreensivo, ele me olhava como que interrogando aonde é que eu queria chegar.

Continuei:

– Se descontar mais 20% agora, vai sobrar pouco para a sua própria sobrevivência. Dona Guiomar tem ganhos confortáveis. A rigor, nem precisaria da pensão. E ainda tem o apartamento que é só seu e que pretende doar para ela. É exatamente isso o que querem?

Francisco não a deixava responder. Piscando o olho e assumindo a condução da conversa, disse com a voz pausada, meio rouca. Até sedutora:

– A doutora não está me reconhecendo... A última vez que estive aqui, a senhora falou que eu era muito generoso.

Seu rosto era familiar, embora não o tivesse identificado no começo da audiência. Já passara por aquela mesa duas vezes. A terceira foi em outra Vara de Família. Francisco terminava seu quarto casamento, desta vez com Guiomar.

Norma, a detentora do maior tempo da sua vida de casado, era a mãe de seus três filhos. Era também a única que não falava com ele.

– Compreensível, doutora. Nenhuma mulher, depois de 25 anos de casamento, pode aceitar ser trocada por outra muito mais jovem. Nem adiantava explicar que não era uma aventura. Foi paixão. Daquelas que tiram a gente do chão, deixam a mão suada, o coração aos saltos.

Desde a primeira vez que viu Patrícia, Francisco não teve sossego. Não era homem de amantes ou relacionamentos fora do casamento. Era homem de uma mulher só. Uma de cada vez.

Ele nunca se interessou por meninotas. Patrícia, apesar da pouca idade, era madura, inteligente, sensível. Sabia o que queria. Estava disponível para o projeto de guinada de vida que Francisco, aos cinquenta anos, resolvera empreender. Partiria com ele para a fazenda. O encantamento que sentiam um pelo outro, a admiração com que ela ouvia as suas histórias, a possibilidade de poder reviver, pelos olhos dela, experiências que tivera na juventude, tudo isso suplantaria o tédio de permanecer numa região meio isolada e inóspita. Patrícia era a mulher de que Francisco precisava naquele momento.

Francisco deixou quase todo o patrimônio imobiliário para a ex-mulher, Norma, e um ressentimento que até o dia de hoje ela não conseguiu sepultar.

Mas Patrícia queria filhos. Tinha grande curiosidade pela vida. Muito rapidamente enjoou da rotina de isolamento. Ele jamais se interporia entre os desejos da mulher e as possibilidades de concretizá-los.

Mais um apartamento, mais uma pensão e Francisco estava pronto para prosseguir numa estrada pródiga na oferta de afetos. Antes mesmo da separação oficial, numa das suas viagens de trabalho, conheceu Isabel.

Se o encontro com Patrícia o chacoalhou para a vida, o que dizer de Isabel? Finalmente sua alma gêmea, pensou.

Não era tão jovem. Não queria engravidar, não pretendia descobrir a pólvora. Recém-divorciada, independente, mãe de dois filhos, Bebel compreendia sua alma. Não era apenas uma empolgação. Francisco nunca vivera um relacionamento tão horizontal como aquele. Não precisava provar sua virilidade. Um amor tranquilo, seguro, do qual ambos eram merecedores.

Ela resistia à ideia de casamento. Jurara que, na mesma casa, outro homem nunca mais!

Francisco sabia esperar. Numa viagem a Praga, depois da ópera com champanhe, um apelo verdadeiro fez Isabel rever sua decisão.

Eles não precisavam um do outro. Eram adultos, independentes. Não se deixariam impressionar pelas fantasias do amor romântico, pelas falsas idealizações. Sabiam que o que viviam era diferente, definitivo. Impossível ter a graça de poder viver um amor daqueles e desperdiçar a oportunidade por medo ou resistência cega. Casaram.

Teria envelhecido ao lado de Isabel não tivesse Guiomar cruzado o seu caminho.

Ele não procurava. Era atropelado pelas oportunidades e não sabia dizer não a nenhuma delas. Não achava leal nem correto permanecer ao lado de uma mulher e amar outra.

Jamais trairia a mulher amada. Era contra todos os seus princípios. Mesmo com o risco de ser mal compreendido, preferia ser julgado por inconstância do que por eventual mentira ou acomodação. Vivia seus amores com intensidade, investia nas relações com o desejo de eternidade. Sofria com o fim do amor, mas sabia identificar os novos caminhos. Padecia de esperança crônica aquele homem.

Isabel recusou qualquer auxílio material. De todas as experiências que tivera, essa foi a separação que mais angústia lhe trouxe. Ainda amava a mulher, mas se encantara por outra. Não tinha o direito de submeter Bebel, sua irmã de alma, às suas dúvidas e apreensões. Foi doloroso o fim, mas sobreviveram.

Guiomar tinha a idade de Francisco. Viúva, depois de quarenta anos de casamento, reencontrou seu primeiro namorado. O primeiro homem da sua vida.

– O olhar dele tinha o mesmo brilho, Excelência – informou Guiomar.

Era a primeira vez que falava na audiência, sorrindo, como se estivesse narrando uma cena de um filme bom. Ela prosseguiu:

– A sensação era a de que o tempo não havia passado. Mais de duas horas, e a intimidade indecente que une dois adolescentes, em algum momento da vida, estava restabelecida.

Redescobriram os prazeres das afinidades. Falaram sobre as saudades e as lembranças. Compartilhar as primeiras vezes cria uma cumplicidade para a vida toda. Tanto as primeiras descobertas sexuais quanto as primeiras ansiedades e medos. Deve ser por isso que os amigos desses tempos são tão íntimos e carinhosos, mesmo quando não remanesce qualquer interesse ou objetivo em comum.

– Eu nunca pensei em casar outra vez – contou Guiomar. – Mas ele é irresistível na conversa. Toda a vida foi assim. Disse que era hora de aquietar, que finalmente ia viver, comigo, um amor de outono. E me levou a Paris. Nossas referências de vida e de literatura estavam em toda parte. Não cansávamos de ouvir as histórias um do outro e casamos.

Guiomar continuou, carinhosa e compreensiva.

– Eu sabia que ele não ia aguentar muito tempo, doutora. Nos conhecemos há décadas. As pessoas não mudam. Mas nós somos muito amigos, e ele merece continuar tentando.

Percebi uma pontinha de ironia na fala doce de Guiomar. Ela decidiu que era hora de envelhecer ao lado dos netos. Já passara da fase das montanhas-russas das paixões.

Francisco, provavelmente, já encontrara um novo amor para sempre e, novamente em Paris, reviveria a renovação da eternidade.

A tentação de julgar Francisco, adjetivá-lo de imaturo e infantil, era grande. As suas histórias e a sua capacidade de sedução e encantamento, no entanto, dificultavam qualquer juízo de valor.

Decretei o divórcio, aliviando a culpa de Francisco com o acréscimo material ao patrimônio de Guiomar e contei para eles uma história que ouvira alguns anos antes.

Numa mina de carvão, na Polônia, sociólogos coordenavam uma pesquisa para mapear o perfil daquela sociedade. Perguntaram a um velho carvoeiro o que ele fazia na vida. Ele respondeu:

– Eu amo Olga.

Nada na vida era mais simples e importante do que amar aquela mulher.

– Espero, sr. Francisco, que o seu amor pelas suas Olgas tenha essa mesma dimensão. Até a próxima!

Reconciliação

Sempre me senti muito desconfortável quando, nas separações consensuais, a lei me obrigava a perguntar ao casal se eles tinham certeza da decisão tomada.

Ora, se procuraram um advogado, estabeleceram as cláusulas da separação e ali estavam, na frente de um juiz, para encurtar aquele período de desgaste, o que se esperava que fossem responder?

Tratava, então, de diminuir o constrangimento e começava, assim, as audiências:

– Desculpem, não quero parecer invasiva ou inconveniente, mas a lei manda que eu pergunte se vocês querem mesmo se separar.

Então prosseguia perguntando se eles ratificavam o acordo para, no mesmo ato, decretar a separação. Simples, rápido, sem qualquer rito especial, exceto pela exposição pública da frustração daqueles mortais que percebiam que a felicidade perene, o até que a morte nos separe, chegava ao fim sem pompa, sem música, sem convite e sem festa.

Dependendo do casal e do clima, eu me permitia um ou outro comentário para aliviar a tensão e reduzir a dor da perda. Sim, porque nossa tendência, após anos trabalhando na mesma atividade, é perder a capacidade de individualizar as dores e os conflitos que chegam às nossas mesas. Cada processo é um processo. Cada casal é um casal. Cada fim de casamento é um fim de mundo, e cada audiência é única para aqueles que comparecem diante de um juiz e expõem as frustrações pela incapacidade de viver um grande amor.

É uma pena que o amor não acabe ao mesmo tempo para os dois. O amor acaba, e ninguém avisa isso a ninguém que pretende se casar. E a percepção do fim acontece de repente. Não se consegue estabelecer uma data, um fato, um porquê, mas, de uma hora para outra, alguém constata que não dá um beijo na boca do outro há mais de um mês. Os prazeres tomam caminhos solitários, e um não consegue sequer saber o que comove ou sensibiliza seu companheiro.

A rotina, a falta de dinheiro, problemas com os filhos adolescentes, desemprego, estresse, cansaço, a crise política, tudo parece conspirar para mascarar o diagnóstico e retardar a terrível constatação captada com perfeição pelo poeta: "A emoção acabou, que coincidência é o amor, a nossa música nunca mais tocou..."

Daí para a frente, o casamento vira uma espécie de prorrogação, de terceiro tempo sem hora para terminar, e, dependendo da capacidade de suportar a vida pintada em bege, as relações podem até mesmo durar a vida toda.

Tenho observado que nos processos de separação, quando não há uma nova paixão avassaladora, as decisões são, na maioria das vezes, tomadas pelas mulheres. Observo, também, que, quando a separação importa a redução da capacidade financeira, os casais têm optado pela manutenção da relação e procurado formas de convívio menos dolorosas.

Foi, portanto, com algum estranhamento que vi entrarem na sala de audiências o contador Robério e a professora aposentada Idalina.

Trinta e oito anos de casamento, quatro filhas, todas casadas, seis netos, nenhum patrimônio para partilhar, nenhum pedido de pensão alimentícia.

Na petição inicial, nenhum ressentimento declarado ou qualquer imputação de culpa. Pretendiam a separação por incompatibilidade de gênios.

Formulei, então, a burocrática pergunta: Querem mesmo se separar ou há possibilidade de reconciliação?

Silêncio. Idalina baixou a cabeça, encorajando Robério a se expressar.

– Ninguém quer se separar, não, Excelentíssima. Nem sei por que viemos aqui.

Estava tão acostumada com a repetição que, confesso, não sabia como prosseguir. Tentei me manter impávida e voltei à abordagem:

– Bem, se não querem se separar, por que entraram com a ação?

– Essa mulher tá com a cabeça virada. Mas a gente já se acertou, aliás, passamos uma noite maravilhosa... – disse Robério, mal conseguindo conter o orgulho da virilidade naquela idade.

Idalina nada falava. Parecia distante e perdida. Decidi ser mais firme em apoio ao que, imaginei, fosse o desejo daquela mulher.

– Olha, seu Robério. Eu sei que essa decisão é muito difícil, que vocês viveram muitos anos juntos, mas, quando os dois não querem, acho impossível continuar casado. Vocês têm uma família grande, netos, mas quem sabe não é melhor cada um seguir sua vida, não é, dona Idalina? – perguntei, cúmplice.

Pela primeira vez, ela tomou as rédeas da situação e foi firme na intervenção.

– Não é melhor, não, doutora, melhor mesmo é continuar com ele.

Ela não sorria, não esboçava qualquer sinal que indicasse a felicidade do reencontro. Imaginei que pudesse estar pressionada ou submetida ao poder daquele que exerceu o controle de uma vida inteira.

Decidi que seria solidária e transmitiria a Idalina a segurança de que ela tanto precisava.

É claro que aquele comportamento não integrava meus deveres funcionais. No entanto, a magistratura era uma das muitas funções que eu exercia na vida, e é claro que todas as minhas virtudes e meus vícios transpareciam de alguma forma no exercício da profissão. Naquela ocasião, atuei parcialmente em favor de Idalina para compensar as diferenças daquela relação que intuí tão desigual e prossegui:

– O respeito é sempre muito importante. E vocês devem continuar sendo amigos. Se as coisas mudarem, quem sabe até voltam a namorar?

Idalina me interrompeu.

– Eu não quero me separar, mas preciso falar umas coisas. Por isso vim aqui.

Robério coçou a cabeça como uma criança que se prepara para um sermão.

– Eu não aguento mais tanta falta de atenção. Eu só quis me separar porque me sinto muito sozinha. As crianças foram embora. A casa tá vazia. A gente mal se fala. Almoço e janta com a televisão ligada. Tudo que eu falo ele não escuta. Mas a gota d'água é o futebol. Eu não suporto futebol todo dia. Enquanto ele assistia ao jogo, no mês passado, eu disse que estava saindo de casa. Sabe o que ele respondeu? Nada. Pediu que eu saísse da frente porque tinha sido impedimento... Dá pra acreditar? Impedimento?!!! Naquela mesma noite fui pra casa da minha filha e no dia seguinte procurei o advogado.

– Mas, dona Idalina, há quanto tempo ele assiste ao futebol? – perguntei.

– A vida toda. Mais de vinte anos.

Não pude conter o riso. Pensei em meu pai e sua paixão alucinada pela peleja. Avaliei os riscos que corria.

Ela prosseguiu:

– Ele é um homem bom, doutora. A gente lutou muito, juntos. Toda a vida, e a gente nunca se largou. Ele nunca teve mulher na rua.

Robério, verdadeiramente sensibilizado, olhou para Idalina e, quase num sussurro, a fez lembrar da aquisição da casa, da única viagem de férias a Cabo Frio, da perda do filho homem num acidente de carro e de quanto, juntos, eles dividiram toda a vida.

Os dois, de mãos dadas sobre a mesa, choravam.

Eu tentava me socorrer do conhecimento jurídico para retomar o rumo daquela audiência e só me lembrava dos filmes e romances que vira e lera pela vida afora.

Entendi que sabia muito pouco da vida. Aquele casal se amava e esperava que da minha autoridade viesse uma resposta para o abismo que ali se instalou. Achei que não podia decepcioná-los.

– Olha aqui, pessoal. Eu não vou separar vocês, não. A gente combina o seguinte: suspendo o processo por sessenta dias. Nesse período, seu Robério só assiste aos jogos do Flamengo. No resto do tempo, vocês saem, passeiam um pouco pela cidade, almoçam domingo na casa das filhas, ajudam com os netos. Tá bom assim?

Aliviados, os dois nem me olharam. Estavam encantados um pelo outro.

Nem o advogado nem o Ministério Público discordaram de decisão tão teratológica. Quem ousaria, depois de presenciar tanto mistério?

Antes de sair, já do lado de fora da porta, Idalina me olha e, sorrindo, pergunta:

– É só jogo do Flamengo mesmo, né, doutora?

Um dia de cada vez

Há dois anos, Carlos dividia sua vida entre o trabalho, embarcado numa plataforma de petróleo, e o cuidado com os três filhos, ainda pequenos. A vizinha ajudava no dia a dia. A namorada dormia com as crianças na sua ausência.

O começo foi difícil, mas o tempo acaba por encontrar uma ordem, ainda que caótica. Assim, os cotidianos mais improváveis se viabilizam.

Receber a citação e ter que usar parte do seu escasso tempo à procura de um advogado tirou o rapaz do sério. Então, agora, a mulher queria os filhos de volta, depois desses dois anos em que só viu as crianças quatro vezes? Como ela achava que tinha condições de ficar com os moleques? Esquecera o que os filhos passaram?

Carlos e Sueli casaram jovens. No pacto silencioso que estabeleceram, ele ganhava o pão, ela cuidava do lar. Funcionava bem assim.

Três filhos em menos de cinco anos, e a casa foi povoada rapidamente.

Uma noite, quando chegou, depois de 45 dias no mar, Carlos não acreditou no que via. As crianças, ainda de uniforme, acordadas, sentiam fome. A casa, imunda, denunciava o abandono de alguns dias. O barulho da televisão tumultuava ainda mais o ambiente.

No canto escuro do quarto, deitada, magra e abatida, Sueli parecia morta.

O filho mais velho, agora com dez anos, contou ao pai que havia dois dias ela estava assim. Ele não chamou ninguém. Enquanto tinha comida, cuidou dos irmãos. Sabia que o pai estava voltando.

Sueli não melhorava. Ao contrário. As tentativas de tratamento fracassaram. Restou a Carlos ligar para a família da mulher e pedir ajuda.

A sogra veio de outra cidade, levou a filha para a sua casa.

Dos netos não tinha condições de cuidar.

Seis meses sem melhoras, Carlos pediu a guarda das crianças. As providências para matrícula na escola exigiam esta solução.

Agora Sueli reaparece, como se nada tivesse acontecido, e acha que pode levar os meninos embora?

A mulher sentada na minha frente não parecia em nada com a personagem que ele acabara de traçar. Estava arrumada, bem cuidada, segura. Esperou o ex-marido terminar e pediu para falar.

– Doutora, felizmente eu estou melhor. Passei esses anos em tratamento e nunca abandonei meus filhos. Tomo remédios, faço terapia. Conversando com a minha psicóloga, concluí que a proximidade com as crianças pode me ajudar. Só entrei com o processo porque não consegui conversar com o Carlos.

Transtornado, o olhar de Carlos fulminava a mulher. Sua súbita e surpreendente reação à depressão desarranjou a rotina que começara a fluir com naturalidade.

Foi Sueli, na visão de Carlos, a causadora do duplo problema: era responsável pelo abandono dos filhos e, agora, também o era pela tentativa de mudar a rotina dos meninos. Só pensava em si. Ele jamais concordaria com a inversão da guarda.

– Eu nunca abandonei as crianças! Eu estava doente. Você quer que eu me sinta mal porque estou melhor?

Quanta dificuldade para lidar com a depressão por perto – eu pensava.

Pior do que o estado da vítima é o julgamento fácil das pessoas próximas. Mesmo sem intenção, elas acabam por transferir para o deprimido a culpa pela doença, como se, num processo depressivo, alguém fosse capaz de reagir e mudar o rumo da vida. Como se, ao entrar naquele buraco escuro e sem fim, a pessoa o tivesse feito por vontade própria.

Deve ser a dificuldade de olhar nos olhos da tristeza. Ninguém tem o direito de fazer o outro infeliz com suas angústias, principalmente numa sociedade que tenta blindar qualquer contrariedade, limitação ou dor.

O advogado da mulher intercedeu:

– Doutora, ela tem direito de ficar com as crianças. Se alguém tem culpa aqui, é o Carlos. Quando a mulher mais precisou dele, ele a despachou como se fosse uma mercadoria para a casa da mãe. Em lugar de cuidar da esposa, ele a afastou dos filhos. Já está inclusive namorando, e nem divorciados eles são.

Eu já estava começando a olhar com desprezo para Carlos. Era mesmo desprezível um homem que terceiriza a mulher durante uma depressão. Pior. Em pouco mais de dois anos, refaz a sua vida e finge que nada acontecera?

Mas, como toda moeda tem dois lados, também os olhares e experiências são diferentes, dependendo do lugar que se ocupa em determinado cenário.

Carlos, arrasado, contou a história de treze anos de uma união permeada por depressões constantes. Umas mais longas. Outras mais curtas. O tempo todo ele cuidara da mulher.

A primeira crise veio imediatamente após o terceiro filho. As outras, em momentos variados.

A pior, no fim da festa do aniversário de três anos do caçula. Sueli sentou em frente à televisão. O olhar fixo no chão coberto de balões estourados e de forminhas de brigadeiro. Nenhum movimento. Nenhuma reação aos gritos dos meninos.

Carlos a levou para a cama, e ali ela ficou. Sem comer, sem banho, sem voz.

Durante os três anos seguintes, Carlos se multiplicava em vários para conciliar o trabalho, os cuidados com as crianças e a apatia da mulher. Ela recusava qualquer ajuda.

Ele chegou ao limite. Pensou em pedir o divórcio. A preocupação com o tratamento da mulher, sua beneficiária no plano de saúde, o fez desistir.

Precisava escolher. Achou que era certo que a mulher fosse levada pela mãe. Assim, salvaria os filhos da ansiedade e das angústias cotidianas. Se não conseguira ajudar Sueli, ao menos preservaria as crianças. Era marido. Não casou para ser herói.

Cartas na mesa, nenhuma trapaça. Aquele era um inusitado jogo – que, se não fosse jogado junto, perderiam todos.

Costuramos a primeira fase com a visitação da mãe todos os fins de semana. Sueli ficaria com os filhos das sextas às segundas-feiras. Carlos ajudaria na reaproximação.

Contrariando as regras de celeridade, o processo seguiu por mais de um ano e meio, com audiências a cada semestre para reavaliação das regras e, se necessário, mudanças de estratégia.

No final da longa experiência, Sueli voltou para a cidade. A guarda foi compartilhada, e o casamento, desfeito pelo divórcio.

Não se sabe se ou quando uma nova crise se instalará.

Lembrei-me de uma história que narrava a dificuldade de os jesuítas ensinarem o futuro do presente e o futuro do pretérito para os guaranis.

Como na tribo não havia o tempo futuro, não existia qualquer palavra que o definisse. A vida era experimentada no presente. Um dia de cada vez.

A experiência da solução naquele processo era um pouco assim. Um dia de cada vez.

Só lamentei que os guaranis não tivessem ensinado aos jesuítas que o futuro não existe. Aquela e tantas outras histórias talvez fossem outras.

VALÉRIA, 48 anos

Aninha tem 27 anos. Excelente aluna, excelente filha. Tão nova e já terminou o mestrado.

Ela conseguiu um trabalho excepcional. Ganhava mais do que eu, acredita?

Não sei o que aconteceu, mas a pressão era muito grande. Ela não aguentava lidar com tantos prazos, cobranças. Eu achava um pouco absurdo ela passar o fim de semana recebendo mensagens, e-mails. Mas a vida era dela, né? Não ia me meter.

Quando ela surtou, foi um susto. Corri para a empresa, levei ela direto para o hospital. Não tinha ideia do quanto ela se sentia desesperada. Burnout foi o diagnóstico. Ela podia ter pedido uma licença, mantido o emprego, mas largou tudo. Não teve psiquiatra que desse conta.

Agora, mesmo medicada, ela não quer sair de casa. Chora do nada. Se acha incapaz. Voltei para a terapia para tentar ajudar minha filha. Não sei como lidar com isso. Entendo que não é fácil viver nesse mundo que só faz cobrança, que tem um padrão inalcançável de produtividade, de alegria, de beleza e de bom humor.

Eu sou artesã. Nem imagino uma vida assim, mas foi escolha dela. Eu nunca interferi na vida de filho.

Liguei para o pai de Aninha e pedi uma força. Sem trabalho, fica pesado eu sustentá-la sozinha. Ele me disse que ela é adulta, que não precisa que eu fale por ela, e que, se ela quiser, ela sabe onde encontrar o pai.

Se depender de mim, ela não vai ligar para ele jamais. Acredita que ele disse que a culpa era minha? Que eu não tinha ensinado minha filha a lidar com pressão, com contrariedade? Para piorar, disse que aquilo era frescura. Que ninguém que precisava trabalhar para comer tinha essas doenças.

Nem vou dizer a Aninha qual a opinião daquele ogro. Muito menos pedir para ela entrar na justiça contra ele. Quanto mais longe, melhor. A única coisa boa que ele fez foi minha filha.

Vou insistir para ela ir comigo à ioga. Meditação ajuda muito, e tenho certeza de que ela vai melhorar.

No meio do nada tinha uma história

A pequena Sapucaia ficou fora do plano de avaliação de riscos na região serrana, e o resultado, estampado nas manchetes dos jornais, revela o cenário do abandono e da devastação, com a morte confirmada de dezoito pessoas.

É a segunda vez que vejo a cidade, com pouco mais de 17 mil habitantes, ganhar repercussão na mídia nacional. A primeira foi na gravidez de uma menina de dez anos, cujo aborto foi autorizado pela Justiça, e o parto, patrocinado pela Igreja católica, que, em procissão, doutrinou a família para a opção de fé mais acertada aos olhos de Deus.

Substituí um colega, em Sapucaia, há uns dezessete anos. Sapucaia era o que é hoje. Uma estrada parada no tempo por onde os caminhões que seguem para a Bahia rasgam o asfalto quente e nem sequer param para abastecer.

Era quase inverno, mas o calor insistente de quarenta graus anunciava que ali a temperatura era estável e nem o vento soprava naquelas paragens.

Eu estava grávida e imaginei que, naquele mês e naquele cenário, o trabalho maior seria a viagem e não os processos, afinal, que conflitos encontraria naquela cidade de mangueiras gigantes, coreto na praça e pacatos moradores?

Engano. Foi ali que realizei a audiência de um bárbaro roubo de carga, que resultou na prisão de uma grande quadrilha, e foi ali que percebi o significado da aldeia do Fernando Pessoa e da universalidade da precária condição do ser humano.

Quase quatro horas da tarde, abri o último processo para uma audiência. Era um pedido de separação de corpos, e já havia uma decisão afastando o marido de casa. Ele não contestou o pedido, e ali estava o casal, aguardando para o começo do ato. A cara inchada de Luizinho denunciava o uso constante do álcool, e a extensa folha de antecedentes criminais revelava a prática de pequenos furtos e diversas agressões a mulheres. Só registradas por Nazareth eram oito as ocorrências.

Magra, olhos fundos, muito machucada no rosto e nos braços, Nazareth parecia doente, e pela intimidade com que foram tratados pelo oficial de justiça pressenti que frequentavam o fórum com alguma regularidade, mesmo porque, num despacho inicial atípico, meu colega já adjetivara, sem querer, o problema: "Luizinho???!!! Outra vez??? Assim não é possível!"

– Isso aí não tem jeito, não, Excelência – disse o meirinho antes de fechar a porta.

O estado de Nazareth me impressionou. Lembrei-me então de uma experiência no início da carreira de advogada, quando, aos 22 anos, fui procurada por uma mulher extremamente machucada pela violência doméstica. Insisti para que fôssemos à delegacia registrar a ocorrência. Diante daqueles olhos roxos e da boca com sangue pisado, somente enxergava a cadeia como destino para aquele algoz. Ela não quis. Não queria sequer se separar. Apenas procurou um advogado para saber como era possível obrigá-lo a cessar as agressões. Na época, fiquei muito transtornada e não conseguia entender a resistência à separação. Decidi que não mais advogaria naquela área. Aos 22 anos, acreditamos na onipotência de nossos valores e não temos pudores em, criticamente, julgar todos aqueles que ousam pensar diferente. Envelhecer é um bom destino para o exercício da generosidade. Pelo menos alguma vantagem há de haver na inexorável passagem dos anos.

Fui dura com Luizinho. Procurei falar de maneira que ele pudesse entender. Ele ouviu submisso, mas no final me disse que já tinham resolvido tudo. Nazareth, agitada, queria falar e a toda hora tentava interromper.

– Doutora, isso tudo que ele falou aí é verdade. Quando ele não bebe, é um homem bom. Só que ele parou de ir na igreja e na reunião do AA. Se ele não prometer parar de beber, eu prefiro ele na cadeia. Mesmo passando fome, prefiro ele longe. A senhora sabe que eu tenho aids e não posso trabalhar.

Escureceu tudo na minha frente. Como tinha aids e falava assim da doença? Não era uma gripe nem uma tosse passageira. Tentei me controlar. Havia perdido um grande amigo poucos meses antes, e, na época, pouco havia de esperança nos tratamentos, principalmente numa cidade daquele tamanho.

– Mas a senhora tem tomado AZT? Tem ido ao médico?

– Quando o dinheiro dá pra passagem, vou até o hospital em Três Rios. Mas ele também tá doente e não quer fazer o exame.

Luizinho interrompeu:

– Eu não tenho nada, não... Vê lá se eu sou veado?!!

– Ele não se conforma, doutora, mas eu tenho certeza que peguei dele. Há dez anos, eu morava perto de Belém. Ele era caminhoneiro. Me conheceu num restaurante onde eu trabalhava pra criar os seis filhos. Cantou uma música pra mim e disse que o sonho da vida dele era uma mulher chegar em Sapucaia em cima de um carro de boi. Prometeu que casava com uma mulher decidida assim. Ele foi embora, e a música que ele me cantou vinha toda hora na minha cabeça. Vendi tudo o que eu tinha. Dei meus seis filhos pra criar, peguei carona e, quando cheguei a Anta, aqui perto, aluguei um carro de boi e entrei na cidade gritando LUIZINHO... EU TE AMO...

"Ele largou a outra mulher, e a gente viveu junto todo esse tempo. Só que ele continuou saindo com todo mundo e bebendo sem parar. O patrão, então, proibiu ele de dirigir, e agora a gente tá assim."

Com os olhos transbordando, ela olhava, vidrada e encantada, para ele. As mãos entrelaçadas ignoravam todos nós, naquela sala de audiências.

Aconselhei Luizinho a procurar um médico. Encorajei Nazareth a continuar o tratamento. Suspendi o processo para que eles tentassem se acertar. Luizinho prometeu que nunca mais bateria nela. Nazareth preferiu acreditar na promessa.

Na volta, ainda na estrada, perguntei ao meu secretário se aquilo tudo tinha acontecido ou era delírio do calor e da gravidez. Desde que estudei um pouco de dramaturgia, tenho uma certa tendência a romancear e fantasiar a realidade.

Mas a vida é surpreendente. Jamais conseguiria imaginar uma cena como aquela.

Soube, há pouco tempo, que Luizinho e Nazareth morreram. Não sei se cumpriram o prometido até o final da vida.

Sei que Sapucaia continua no mesmo lugar, no meio do nada, e hoje sepulta seus mortos, vítimas da omissão e do abandono.

O enterro do filho de Édipo

– Mas como esse bebê ficou um mês no IML sem ninguém procurar? Alguma informação está faltando nessa história!

O funcionário do Instituto Médico-Legal tentava me explicar que era urgente o sepultamento de um recém-nascido, cujo corpo fora abandonado no hospital. As geladeiras estavam cheias, e havia outros cadáveres para acomodar. Se eu autorizasse o registro de óbito, estaria tudo resolvido.

Para facilitar as providências, já haviam entrado em contato com os responsáveis. Todos no corredor esperavam uma decisão. Tinham pressa.

A rapidez com que o rapaz tentava me expor os fatos nublava ainda mais a realidade. Eu mal conseguia entender o que acontecera.

Antes de ouvir os familiares, tentei me recuperar da crueza com que, até ali, era tratada a morte de um bebê. O abandono do seu corpo no hospital, a urgência da fila de corpos à espera de uma gaveta gelada. Parecia um pesadelo ao meio-dia.

Sempre tive um olhar superlativo para enxergar o cotidiano. Comprar um pão, abastecer o carro, andar de táxi, tudo se transformava em história diante de uma retina viciada em romancear a realidade.

Para mim, o que parecia banal para o resto do mundo era um fenômeno único. A realidade insistia em se mostrar ampliada. Pior, adjetivada.

O que me aguardava ali, no entanto, era mais do que meus superlativos diante do real. Era concreto. Assustador.

Não havia um processo para julgar. Apenas um pedido administrativo. Sem qualquer formalidade especial, entraram os três no meu gabinete: a avó do bebê, acompanhando a filha, Andressa, que parira aos quinze anos, e, ao lado delas, o pai da criança, um jovem de 21 anos. A avó foi falando:

– Eu nem sabia que essa menina embuchou, moça. Ela morava com o pai. Foram me buscar no trabalho, e eu não posso demorar aqui, não.

Há três anos sem contato com a própria filha, não esboçava qualquer reação, quer de tristeza, quer de carinho ou responsabilidade. Não escondia que ter de se apresentar, no meio do dia, para resolver problema que não era seu a aborrecia profundamente. Custara a encontrar um bom trabalho. Além do quê, já tinha passado tanto tempo que nem sabia por que não enterraram logo o corpinho, e pronto.

– Eu também *sube* dessa criança há pouco tempo, doutora.

O pai disse que já tinha outro filho. Assumiria esse também, se tivesse conhecimento da gestação. Andressa não contou nada. Ele não percebeu. Ele a achou um pouco gordinha. Ela inventou um nó nas tripas. Ele acreditou. Ficaram sem se ver uns quinze dias. Era normal isso acontecer. O pai dela não sabia do namoro escondido. Só ficara sabendo do nascimento do filho, junto com a notícia da morte, no hospital.

– Claro que eu fiquei puto. Mas eu não podia fazer nada. Ele já tava mortinho.

A história oficial veio da boca de Andressa. Ela evitava cruzar o olhar com quaisquer outros olhos. Como em transe, sem qualquer emoção na voz, começou:

– Meu pai trabalha de noite. Quando eu saio pro colégio, ele tá dormindo. A gente nunca se vê. Eu achava que tinha um bebê porque as regras não vinham. Não falei com ninguém porque fiquei com vergonha. Numa noite, eu acordei com dor de barriga, fui no banheiro e começou a sair aquilo tudo de dentro de mim. Eu segurei o neném todo sujo, coloquei numa sacola de plástico e corri na casa da minha vizinha.

Senti uma ânsia de vômito. A respiração acelerava na medida em que ela continuava. Nem a avó nem o pai pareciam se comover com a história, como se não tivessem qualquer participação naquele enredo.

Ela prosseguiu:

– Lá na minha vizinha, ela cortou aquele cordão. Eu não lembro se ele ainda chorou, mas, quando ela segurou, ele tava roxinho. Eu pedi, pelo amor de Deus, pra ela não ligar pro meu pai. Ela chamou meu namorado. A gente foi pro hospital. Fiquei lá uns dias. Meu pai não apareceu. Depois, me mandaram pra casa e nem falaram nada de enterro. Eu achei que tinham jogado fora e pronto. Agora é que me ligaram pra dizer que tem que tirar o bebê de lá...

Segurando as lágrimas que brotavam dos meus olhos, eu tentava estabelecer um vínculo de alma com aqueles interlocutores. Buscava respostas na miséria, na precariedade do acesso aos direitos, em algum fenômeno social que aplacasse a dor que eu sentia como espectadora daquela tragédia contemporânea.

Nada fazia sentido. Não eram desprovidos das necessidades básicas. Aliás, me impressionou o cuidado com que Andressa e o namorado se vestiam. Provavelmente, as roupas de marca eram piratas. Ele usava um piercing no nariz. Ela, no umbigo. Acessórios da moda. Opções encontradas no comércio informal que indicavam a preocupação com a imagem.

Contavam as suas histórias como se não tivessem participado delas. Pareciam refratários ao sofrimento. Alheios à dor fulminante da perda de um filho naquelas condições.

Liberar o corpo e autorizar o sepultamento soava como um ritual burocrático e desnecessário, imposto como castigo para um crime que eles nem sequer sonhavam ter praticado.

Autorizei o registro do óbito. Antes, porém, o registro do nascimento. O bebê nascera vivo, e era obrigatória a certidão. As manifestações mais pungentes do casal aconteceram nesse momento.

O pai queria que o filho se chamasse Caíque, com C. A mãe queria Kaíke, com K. Eu, perplexa, com P, e assustada, com A, só queria acabar imediatamente com aquele ritual macabro que tomou conta da minha sala.

Quando fui assinar o documento, tremi ao me deparar com o nome do pai do bebê: aquele jovem rapaz, à minha frente, se chamava Édipo.

Ele odiava o nome, escolhido pela avó por causa de um personagem de uma telenovela.

– Não dá pra mudar isso aí logo, não, doutora?

Contei para eles, então, quem foi Édipo.

Enquanto a tragédia ia sendo narrada, os olhares dos três, vidrados, curiosos, pela primeira vez me deixaram perceber algum vislumbre de humanidade. As reações com o assassinato de Laio, as previsões do oráculo, a infalibilidade de Tirésias, o amor interdito por Jocasta eram sentimentos verdadeiros, nítidos, transparentes. Manifestações sinceras de medo, indignação, tristeza e dor.

– Caraca!? O maluco matou o pai sem saber e comeu a mãe?!

Foi a síntese que o Édipo contemporâneo encontrou para aquela tragédia.

– Pense bem antes de querer mudar o seu nome, rapaz. Édipo era um rei justo e bom.

Deixaram o fórum para enterrar o filho. A vida concreta não lhes permitia lágrimas ou tragédias. Sofrer ou se emocionar, só na ficção.

Cancelei as demais audiências do dia. Parecia ter sido atropelada por um trator.

Já em casa, liguei para Alcione Araújo, um amigo querido, escritor, filósofo que me socorre na compreensão da condição humana. Não conseguimos escrever, com clareza, aquela história. Velamos, em silêncio, o filho de Édipo.

Mereça a moça que você tem

– A senhora, então, chama as crianças, e elas vão contar tudo.

– O senhor acha mesmo que eu vou ter coragem de pedir que seus dois filhos, de seis e oito anos, entrem aqui, olhem para mim, uma desconhecida, e me contem se a mãe deles se embriaga e fica roçando, não foi isso que o senhor falou?, em tudo quanto é homem que passa?! No dia que eu fizer isso, o senhor fica autorizado a procurar o promotor e pedir que interditem a juíza, que ficou maluca!

O tom veemente com que eu me dirigia a Welington era absolutamente inadequado para a situação. No entanto, havia quase duas horas eu tentava fazer o casal compreender que, mesmo separados, os filhos eram definitivos e não se podia, a cada final de semana, expor as crianças ao comparecimento a delegacias, ao fórum e ao conselho tutelar da cidade. Eles até pareciam entender, mas logo recomeçavam as provocações intermináveis.

Viveram juntos por doze anos, com seis interrupções pelo caminho. Todas essas vezes entraram na justiça com processos de guarda, alimentos e visitação dos filhos, que foram arquivados a cada reconciliação dos dois.

Morando em casas separadas havia apenas dois meses, Silmara foi impedida de buscar os filhos de volta, no domingo à noite, porque Welington achou que ela chegou muito tarde. Se quisesse as crianças, procurasse a justiça.

Recebi, na segunda-feira, um pedido de busca e apreensão. Um procedimento que tenha esse nome não pode ser boa coisa, principalmente se você é a parte mais fraca que vai ser buscada e apreendida.

Consigo contar nos dedos de uma das mãos o número de vezes em que autorizei a medida sem ouvir a outra parte. Só quando alguma criança corre riscos, caso permaneça na situação em que se encontra. Caso contrário, faço assim neste processo: marco uma audiência especial para o dia seguinte com a presença do casal.

Para Welington e Silmara, o que menos importava, ali, era o mais importante: as crianças. Como em quase todos os casos envolvendo guarda e visitação, o que os dois queriam era a possibilidade de um reencontro para o acerto de contas, na única área que os unia para sempre: a prole.

Passaram um longo tempo da audiência ocupados em se acusarem mutuamente. "Vagabunda" e "frouxo" foram os adjetivos mais carinhosos que trocaram na ocasião. Imaginei, de todo modo, que se os deixasse falar das mágoas e dos ressentimentos poderíamos chegar a um bom termo para facilitar a vida dos meninos.

Quando tudo se encaminhava para a compreensão, ela o provocava e, mascando chicletes, o encarava, testando sua capacidade de sedução. Welington caía em todas as armadilhas que ela espalhava pelo caminho, até perder a razão e, desesperado, apelar para a interferência dos filhos como seus patronos de angústia, coisa que eu não podia permitir.

Respirei fundo, mais uma vez, e, serenamente, elogiei o papel que ambos representavam como pais. Afinal, as crianças, apesar de tudo, estavam bem-cuidadas, tinham bom desempenho na escola e eram dóceis e afetuosas com ambos.

Foi então a deixa para que ele se desarmasse. No começo, Silmara era boa em tudo. Boa mãe, boa mulher. Sempre com aquele jeito debochado e provocante que ele acreditava que podia, com o tempo, consertar. Welington gostava dela, e não tinha lugar aonde fossem que alguém não o invejasse pelo temperamento bem-humorado da mulher. Ela só precisava entender que era uma mulher casada, tinha filhos. Não era possível viver em bares, bebendo e vivendo uma vida de solteira.

– Da outra vez, doutora, ela me traiu com o vizinho da frente, um frangote de 24 anos, e eu perdoei.

Olhei para Silmara, que disfarçadamente piscou o olho para mim, buscando cumplicidade. Segurei o riso.

Silmara não era uma mulher bonita. Nem interessante. Se havia alguma ponta de beleza ou de charme, ela cuidou de esconder direitinho por baixo dos cabelos alisados e quase brancos pelo uso excessivo de tinta. Uma blusa muito apertada deixava à mostra um pedaço de tatuagem borrada. A alça encardida e puída do sutiã completava a moldura daquela moça, que pouco mais de trinta anos tinha vivido, tempo suficiente para estorricar a pele no sol e experimentar todos os produtos contraindicados para qualquer pele sensível. Ainda assim se sentia poderosa, sedutora e tinha o controle total de Welington, encolhido no uniforme dos Correios e pronto para mais outra tentativa.

– Olha pra mim se tu é homem! Diz que não tá louco pra voltar pra casa.

Welington estava. Sem nenhum pudor, pediram mais um arquivamento do processo. Ainda há quem reclame da lentidão da justiça.

Há fetiches mais duradouros e mais lentos...

Um não ama por dois

– Eu não quero vender a casa nem pra você, nem pra ninguém. A nossa vida tá toda ali dentro. Não cabe em outro lugar, muito menos num apartamento. Eu sei que os meninos cresceram, mas e no fim de semana, onde é que eles vão dormir? Por mim, moro embaixo da ponte, mas e eles? Você acha justo, por causa desse surto de infantilidade, impor às crianças essas limitações?

– Mas o Júnior mora fora, não aparece há mais de ano.

– E daí que o Marquinhos não vem ao Brasil há mais de um ano?! Uma coisa é ele não querer, e outra bem diferente é ele não ter um quarto pra ficar. E, olha, pode tirar o cavalo da chuva. Só faltava essa. Você é que decide largar sua família depois de quase trinta anos, você que pensa que é um garotinho adolescente irresponsável, você que só quer se livrar dos problemas pra viver com uma ninfetinha, você que quer fazer uma liquidação com tudo o que a gente juntou a vida toda e eu é que sou intransigente e descompensada?!

– Mas você está ficando com quase tudo!

– Não tem compensação, não! A casa de Búzios e o flat do Leblon são meus, e só falta você querer bancar o bonzinho dizendo que tá me deixando tudo! Tá deixando porque é meu, porque, quando a gente casou, eu passei mais de cinco anos apertada em um quarto na casa da sua mãe. O que a gente tem, agradeça a mim e, se quer mesmo viver sua aventura, me poupa dessas mesquinharias. Vai testar o tamanho do amor da mocinha. Convida ela pra morar na casa dos seus pais!

Na primeira pausa de Regina para respirar, assumi o comando da audiência, que começara havia pouco mais de quinze minutos e ameaçava descambar para um descontrole total, caso eu não interviesse naquele momento.

– Calma, pessoal. Vocês não vão conseguir passar a vida a limpo aqui. A audiência é de conciliação e ninguém precisa concordar com nada agora. Só vamos tentar objetivar o que podemos resolver neste momento. Por favor, Regina, tome uma água e respire.

De todas as audiências que presido na Vara de Família, a que mais me causa constrangimento, sem dúvida, é uma como esta, na qual uma parte quer o divórcio e a outra resiste à separação.

Por algum desses milagres inexplicáveis da vida, Regina e Marco Antonio se encantaram um pelo outro num determinado momento que podia ser comparável à eternidade. Cultural ou teórico o fenômeno, o fato é que a reação química daquele encontro tirava o sono, acelerava o coração. Acordar e dormir sem o outro do lado era uma dificuldade intransponível. O humor partilhado, os gestos e os olhares subentendidos, as entrelinhas compreensíveis, enfim, tudo conspirava para o desejo do até que a morte nos separe.

Se a vida fosse um conto de fadas, seria possível dizer que viveram felizes por quase trinta anos... só que não é tão simples assim. Eram, sim, felizes a maior parte do tempo. Mas do mesmo jeito inexplicável com que a paixão se instalara, também foi embora de modo imperceptível, sem deixar rastros ou marcas visíveis. A falta da paixão não era imediatamente sentida porque entravam em campo os projetos, os desejos materiais, o trabalho, os filhos, a infância e a adolescência dos filhos, as viagens, os amigos, as preocupações com os filhos, mais trabalho, dinheiro, cansaço, desânimo, afastamento e, por fim, o silêncio.

Durante todos esses anos, os prazeres e as alegrias da vida foram sendo adiados sempre para depois de algum evento ou alguma data que nunca chegava. Voltariam a conviver com os amigos, caminhariam na praia, viajariam para a Rússia, teriam, ao menos, um fim de semana por mês para os passeios de barco, enfim, concordaram em viver no futuro do pretérito. Marquinhos, com 28 anos, se mudara para Londres, onde trabalhava, e Mariana, aos 25, andava ocupada demais com seu mestrado e o namorado.

Foi nesse momento que Regina percebeu que era hora de voltar a protagonizar sua vida. Surpreendia Marco Antonio com jantares, lingeries, recados carinhosos, e a resposta vinha seca ou, muitas vezes, nem vinha.

Acostumada, depois de tantos anos, com o temperamento sisudo e introspectivo do marido, só imaginava preocupações com o trabalho ou com os meninos. Jamais lhe passou pela cabeça outra alternativa. Seu marido não era do mesmo padrão que os amigos, sempre envolvidos com outras mulheres. Falavam sobre o assunto e sobre o ridículo da exposição pública de desrespeito ao outro, nessas situações.

No café da manhã de um domingo, Marco Antonio comunicou que estava saindo de casa. Apaixonou-se por outra mulher, e não era justo, nem com ele nem com ela, continuar fingindo. Conversariam com os filhos naquela semana, e o resto das coisas ele voltaria para buscar no dia que fosse mais conveniente para ela.

Nenhuma reação de Regina além do buraco na barriga e do choro, que secou algumas semanas depois.

Passados o susto e o primeiro momento de revolta, Regina imaginava que seria possível superar aquela crise. Ela o amava, e ele voltaria à razão. Nenhum casamento sólido como o deles poderia acabar dessa forma. Eram maduros, e ela, generosa e compreensiva, o perdoaria.

Não foi essa, no entanto, a leitura de Marco Antonio. Três meses depois, apaixonado por outra mulher, precisava ritualizar o fim do casamento – e pediu o divórcio. Oferecia uma generosa pensão para a ex-companheira e uma proposta de partilha de bens desigual, pois caberia a ela a maior parte do patrimônio, reflexo provável da culpa que sentia pela responsabilidade de ter desejado o fim.

A resistência de Regina não era razoável, ao menos para as decisões objetivas que deveriam ser tomadas ali. Ora agressiva, ora carinhosa e compreensiva, deixava transparecer que não se conformava com o caminho escolhido pelo companheiro. Ela o amava, sabia que era possível restabelecer o afeto, era capaz de perdoar tudo o que ele a fez passar nesses meses, prometia retomar a relação com mais atenção, mais cuidado. No fundo, assumia a culpa pelo motivo que o levou a precisar de outros abraços.

No início, tranquilo, Marco Antonio recusava todas as propostas de reconciliação. Depois, um desconforto se instalou porque desprezava as manifestações da mulher, e, por fim, ele falou devagar, baixo, quase num sussurro, olhando nos olhos dela:

– Eu não quero mais, Regina. Acabou.

Não é fácil se sentir surpreendido com a comunicação de que o jogo acabou. Pelo menos para o time que, perplexo, fica no campo. Ainda que o término da partida não venha na sequência de jogadas arriscadas, violentas, passionais, e sim na esteira de um empate instalado há tanto tempo que até já se perdeu a percepção de alguma emoção em campo. Ainda assim o final surpreende.

É como, se de uma hora para outra, alguém apitasse e, com a bola embaixo do braço, deixasse o campo, sob o olhar incrédulo de quem ainda imaginava que podia permanecer infinitas horas driblando, na sombra, as intempéries de uma peleja previsível e que só acabaria quando um dos dois adversários tombasse em campo.

O jogo termina assim em alguns casamentos, como nesse, de Regina e Marco Antonio. E a responsabilidade pelo fim autoritário de uma relação tem sido objeto de teses, dissertações, tratados, quase uníssonos no diagnóstico de que o amor romântico é uma construção cultural e toda a dor que decorre do seu fim é justificada, compreensível e racionalizada.

Mas tente perguntar para o parceiro que soube pela boca do outro que o jogo acabou se ele acredita nas teorias?

Quem ainda pensa que ama acredita que pode amar pelos dois. Não é assim na matemática improvável do afeto. Para os dois sentados na minha frente, o jogo acabara para ele, e não havia nada, nenhum movimento dela capaz de restaurar trinta anos de construção conjunta de vida.

Pedi aos advogados que me deixassem falar, privadamente, com Regina. Juridicamente não tinha muito a esclarecer. Ela sabia das vantagens do acordo e entendia que as suas objeções não tinham relação com as cláusulas propostas. Tive vontade, naquele momento, de tentar ajudar aquela mulher a fortalecer sua autoestima. Não sei se por solidariedade de gênero ou por compreensão daquela dor, tantos os momentos parecidos que já presenciei.

– Pedi que você ficasse aqui, Regina, porque, depois de mais de quinze anos nesta cadeira, posso te dizer uma coisa que nesse momento você não vai acreditar, mas tenho certeza de que vai se lembrar quando for a hora. Isso vai passar. – Prossegui: – Casamento é bom quando é bom para os dois. Não dá pra amar por você e por ele, e, olha, você é uma mulher linda, inteligente, independente. Eu não posso permitir que você continue, nesta sala, onde ninguém conhece vocês, se expondo dessa forma. Ele decidiu que quer assim. Você não merece se humilhar dessa maneira. Se por acaso, algum dia, vocês entenderem que é possível voltar à vida em comum, você precisa estar livre para a decisão. Não precisa assinar nenhum acordo que não queira, e o processo vai seguir com a decretação do divórcio. Só pensa se não é melhor você conduzir esse momento e preparar um futuro que você merece.

Reiniciada a audiência, Regina, respirando melhor, concordou com o divórcio. Aceitou a tristeza natural do luto do fim do amor.

Vai passar. Aliás, quando me lembro dessa história, tenho certeza de que já passou.

Todo dia e nem sempre igual

Era inevitável fantasiar diante do encantamento das mãos dadas e dos olhos acesos do casal de velhinhos no elevador. Como era possível, depois de tantos anos, que o cotidiano não tivesse sepultado aquela alegria?

Naquele curto e animado trajeto, apertada entre cadeiras de praia e raquetes de frescobol, não me contive:

– Muitos anos de casamento?

O sorriso, cúmplice, veio com a improvável resposta:

– Oito meses!

Ri também. Não era a possibilidade de amar ao longo do tempo o que impressionava, e sim a capacidade de amar muitas vezes, e de formas variadas, ao longo da vida.

Moradores do Leme, viúvos, reencontraram na praia a vontade de, mais uma vez, dividir o tempo, o espaço e as histórias.

Viviam sozinhos. E bem. Nenhum dos dois procurava a outra metade ou uma muleta para se apoiar.

Deve ser esse o mistério de uma união bem-sucedida: a independência e a individualidade integrais. Não precisavam um do outro e ainda assim, em nome da liberdade que já possuíam, resolveram casar.

Eu me lembrava dessa história enquanto seguia para o Jardim Botânico para celebrar o casamento do pai de um amigo.

São tantos os divórcios ao longo da semana que é um alívio, vez ou outra, celebrar o amor e presidir um ato de casamento civil.

Assistindo, diariamente, à ação do tempo nos relacionamentos conjugais, o natural era que eu não acreditasse mais na possibilidade de um casamento ser um projeto de sucesso. No entanto, todas as vezes que realizo uma cerimônia, é comovente experimentar o encantamento com que duas pessoas investem no amor e na crença da eternidade do sentimento.

A escolha pela vida a dois, sob um mesmo teto, numa opção, ainda que formal pela exclusividade, nunca pareceu muito racional.

A idealização do amor romântico, do amor na alegria e na tristeza, na saúde e na doença, todos os dias da vida, é de um peso quase incompatível com a condição humana.

Mas, contrariando essa generalizada quase intuição, sempre que eram abertas as inscrições para um casamento comunitário na cidade – um projeto iniciado no final da década de 1990 –, centenas de pretendentes corriam para participar.

Por que as pessoas insistiam em casar? Já não aprenderam, observando o mundo, que não funciona muito bem uma organização assim? Que não é possível aprisionar o desejo e excluir as alternativas para um projeto monogâmico capaz de aniquilar a paixão?

Tente, porém, dizer isso para um sujeito apaixonado! Tente alertá-lo para o fato de que depois de dez anos todo casamento vira casamento, todo homem vira marido e toda mulher vira mãe ou irmã. Ele acredita? Claro que não...

Ainda bem.

A esperança de suplantar a racionalidade é que motivava aqueles casais que se apresentavam para os casamentos comunitários e muitas vezes já viviam juntos e tinham filhos, e até netos, havia muitos anos.

Não era a mesa do comercial de margarina nem a atração da juventude que os motivavam. Muito menos a falsa ilusão da fidelidade absoluta.

Desejavam um amor pedestre, uma alegria cotidiana. Dividir as contas, construir a churrasqueira. Sentir menos peso na responsabilidade de educar os filhos. Ter mais conforto para comprar as coisas para casa.

Os motivos do amor eram concretos, diziam respeito à sua dignidade. Mas também queriam festa, com música, flores, alianças.

O cenário de final feliz era essencial para o projeto de vida a dois. A ritualização do amor não podia ser uma cerimônia burocrática. A celebração da opção pela construção da vida em família era um projeto transcendental.

E a espiritualidade passou a integrar a rotina desses casamentos comunitários, muitos deles realizados no Palácio de Cristal, em Petrópolis.

A generosidade de Leonardo Boff – teólogo libertário e franciscano eterno – participando de todos eles, numa espécie de concelebração e a sua fé absoluta no amor, transformou um casamento civil num projeto fraterno de humanidade.

Uma das maiores emoções que senti na minha carreira foi olhar mais de cem casais, de todas as idades, cores e religiões, de olhos fechados e mãos dadas, se prometendo cuidado um com o outro pela vida afora, sob a orientação doce e verdadeira de Boff.

As pequenas e consistentes revoluções diárias, a crença de que é possível mudar o rumo das histórias e viver de uma maneira diferente das experiências malsucedidas ao redor. Esses eram os sentimentos verdadeiramente transformadores.

Com essas lembranças de delicadeza, cheguei ao local da celebração do matrimônio. Ali, o noivo, viúvo, aos 88 anos, receberia a noiva, solteira, aos 64, como sua mulher.

Percebi que não havia qualquer diferença no ritual do afeto e do cuidado. Em qualquer momento da vida, só se vive um dia de cada vez. Aquilo era real para os 18 e para os 88 anos de vida.

Assumir a felicidade individual como destino da humanidade. Esse era o sentimento que transparecia ali e em todas as centenas de casamento que já tive a sorte de realizar.

A promessa de amor e cuidado só funciona como afirmação cotidiana. Um dia de cada vez, pela vida. Com alguma sorte, pela vida toda.

"Casamento é um bordado. Um ponto certo com muito cuidado", escreveu uma amiga querida, Maria Carmem Barbosa, cujo casamento eu adoraria ter celebrado!

Papai Noel não existe

Atrasada para o início das audiências, não pude deixar de reparar na menina sentada na porta da sala, ao lado de um senhor.

Vestida para uma festa, mal se mexia para não amassar a roupa. Aos dez anos, os olhos brilhavam. A ansiedade era perceptível pelo movimento das perninhas, que não alcançavam o chão e balançavam sem parar.

Perdera a mãe aos cinco anos. Era criada pelo avô materno. Durante quatro anos, seu Arlindo fez o que pôde pela neta. Era lavrador. Do seu trabalho tirava o mínimo para a sobrevivência. Com as necessidades da criança aumentando, faltou dinheiro para o seu sustento.

Agora, ela precisava de uniforme, de sapato, de uma roupinha melhor.

Ele segurou sozinho enquanto possível. Quando ameaçou faltar comida, fez o que já era para ter sido feito havia quase uma década: entrou com um processo de investigação de paternidade. A neta tinha um pai, e ele devia contribuir com algum dinheiro. Preferia violar a promessa que fez à filha de nunca procurar Emerson a ver Jade passar fome.

Fizeram o exame de DNA e compareceram à audiência. O avô, antes mesmo de verificar o resultado do laudo, mandou a neta se arrumar para conhecer o pai.

– Sim, era aquele moço que estava no hospital quando foram tirar sangue. Ele não falou com você porque não sabia que era o seu pai. Mas agora ele vai saber.

Emerson chegou atrasado. Franzino, aos 26 anos, mais parecia um irmão adolescente de Jade.

Como já estava um pouco atrasada com a pauta e o exame de DNA foi positivo, abreviei a conversa.

– Vocês já devem ter visto o resultado. O senhor trabalha com o quê?

– Como assim?! Eu sou o pai?! – perguntou, aflito, o rapaz.

Confirmado o fato, Emerson começou a chorar convulsivamente, segurando a cabeça entre as mãos e evitando olhar para a menina.

– Não pode ser! Não pode ser! – gritava descontrolado.

Imediatamente, pedi a Jade que esperasse no cartório. Os funcionários cuidariam dela enquanto eu tentava entender aquela reação inusitada.

Tremendo muito, balbuciava palavras incompreensíveis. Esperei que se acalmasse e disse:

– Rapaz, não precisa desse show. Você fez um exame. Sabia que a menina podia ser sua filha. Para que esse comportamento agora?! Parece um adolescente...

– Doutora, eu não quero, não posso ter filha. Acabei de me casar. Não pode ser verdade!

Não foi fácil retomar a palavra. Os soluços de Emerson interrompiam qualquer tentativa de diálogo. Aguardei mais um tempo e prossegui:

– Você conhecia a mãe de Jade? Se relacionou sexualmente com ela há dez anos?

– Eu tinha 16 anos, doutora! Ela era muito mais velha que eu. A gente morava perto. Eu nunca tinha feito aquilo. Ela me atiçou, me provocou. Dizia que eu não era homem. Quando eu saía da escola, ela me esperava, me levava pra casa dela... Eu era um menino! Como é que eu podia adivinhar que aquela barriga que ela botou era minha?! – E continuou: – Nunca mais eu soube dela, nem de filha nenhuma. Ai, minha Nossa Senhora!... Minha mulher não vai acreditar em mim.

Cabisbaixo, o avô de Jade, envergonhado, falou baixinho:

– Ela não era moça comportada, não, doutora. Não posso tirar a razão dele. Ela foi pra minha casa ter a menina e nunca quis procurar o pai. Eu jurei pra ela que nunca ia contar pra ele, mas a menina tá precisando. Eu não tenho condições de continuar com ela. Se ele não ajudar, a senhora resolve como é que vai fazer... Eu não posso mais ficar assim desse jeito... Diz que tem uns internatos que a senhora pode mandar...

Foi com uma dificuldade enorme que, depois de algumas horas, consegui fazer Emerson entender que era necessário registrar a filha. Não era culpa dele. Muito menos da menina. Toda criança que nasce tem direito a um pai e uma mãe. Ele concordou.

Os pais têm obrigação de sustentar seus filhos. É da lei. Mais do que isso, é um comando natural. Nenhum bicho deixa o filho morrer de fome. Ele trabalhava. Podia sustentar a filha. Embora intransigente no começo, assentiu com a proposta.

Com a mulher ele se entenderia. Era só dizer a verdade.

Quando tudo parecia estar resolvido, emergiu o maior e mais difícil conflito do processo: Jade estava no corredor. Queria conhecer o pai. Queria passear com ele. Só falava nisso desde o exame de DNA.

– Eu vou registrar, vou pagar a pensão, mas, pelo amor de Deus, doutora, eu não quero ver a menina.

Fiquei desesperada. Pela primeira vez, em toda a minha vida profissional, eu não tinha a menor ideia do que podia fazer. Sempre tive um discurso articulado no sentido de que se um homem não quer um filho, que use camisinha ou faça uma vasectomia. Mas aos dezesseis anos e naquela história? Impossível.

Ele não era obrigado a conhecer a filha ali. Não era obrigado a desejar uma aproximação com uma criança que, para ele, era a representação de um relacionamento forçado do passado.

Eu já havia visto muitas mulheres passando por uma situação parecida, mas um homem era a primeira vez.

Embora algumas decisões da Justiça digam que o amor e o cuidado são obrigatórios e sua falta pode ser ressarcida com dinheiro, esse nunca foi meu entendimento. Jamais compreendi de que maneira a patrimonialização do afeto pode recompor um conflito ou reconstruir relações familiares esgarçadas. Fico sempre com a sensação de que, nesses casos, quem tem dinheiro tem direito ao desprezo com pagamento à vista.

Refletia sobre isso, enquanto Jade, no corredor, esperava para conhecer o pai. Deve ter idealizado aquelas cenas de programa de domingo, com uma música ao fundo, um abraço apertado e lágrimas para coroar as perdas que já experimentara ao longo da vida.

Não tive dúvidas: pedi licença ao defensor e convidei Emerson para falar em particular no meu gabinete.

Ainda soluçando, ele repudiava qualquer aproximação. Fiz um apelo verdadeiro:

– Cara, eu imagino o que você está passando e o que está sentindo. Eu não sei como vou dizer para aquela menina linda que se arrumou toda para conhecer o pai que você não quer saber dela. Chamei você aqui porque não tenho coragem de fazer isso.

Ele chorava. Eu chorava. Prossegui:

– Você vai me fazer um favor. Vou chamar ela aqui no gabinete, sem mais ninguém por perto. Posso ficar, se você preferir. Vamos, juntos, explicar para ela que tudo isso é muito novo, que você está surpreso, mas que o tempo vai ajudar. Depois, você pode ir embora.

Emerson reagia como um menino desprotegido e com medo. Implorei:

– Emerson, você é muito novo, mas a Jade tem só dez anos. Já perdeu a mãe. Faz um esforço, por favor! Engole esse choro.

Jade entrou. Eu falei por ele sobre o reconhecimento da paternidade, a pensão e sobre o tempo necessário para uma aproximação.

Mesmo sem capacidade para perceber a densidade da situação, Jade, confrontada com a verdade, assimilava e entendia o que ouvia. Parecia uma criança diante da revelação já conhecida de que Papai Noel não existe.

Num esforço sobre-humano, Emerson acariciou a cabeça da menina e com um beijo, sem olhá-la nos olhos, despediu-se.

Abracei Jade apertado. Elogiei muito o seu vestido e a sua inteligência. Custei a me recompor para retomar as audiências. Nunca me senti tão triste e tão impotente.

FLÁVIA, 40 anos

Eu sou do candomblé. Não acho que ninguém é obrigado a ter a mesma fé que eu, mas também não sou obrigada a seguir as crenças deles. Trabalho o dia todo, crio minha filha sozinha. Pai ela só tem na certidão. E a avó nunca quis ver a menina. Dizia que era fruto do pecado, que eu enfeiticei o filho dela.

Depois que minha filha fez uma limpeza espiritual e foi de turbante para a escola, ela me contou que a professora mandou tirar. Depois eu soube que essa mesma professora era da igreja da avó da Naiara.

Uma quarta-feira, quando eu estava no serviço, ligaram do conselho tutelar, avisando que estavam levando minha filha para a casa da avó. Minha sorte é que minha patroa é advogada e correu comigo para ver o que estava acontecendo. Cheguei a tempo de impedir o abuso. D. Paula disse que eles não podiam fazer isso, que era preconceito religioso. Foi comigo à delegacia e registramos tudo.

Mas não acabou ali. Eles fizeram uma confusão danada. A velha dizia que eu era macumbeira, que estava obrigando a Naiara a se cortar, me chamou de torturadora e disse que o pastor ia salvar a alma da minha menina. Pior é que ela entrou com um processo de guarda, me acusando de maus-tratos, de não saber cuidar da minha filha.

Não entendo nada de justiça. Morro de medo de ir no fórum e sair de lá presa. Eu só queria que eles ouvissem a Naiara. Ela é do candomblé porque quer. É escolha dela.

Essa avó e essa justiça nunca me procuraram pra saber se ela precisava de escola, de comida, de remédio. E agora vêm se meter na minha vida para escolher em que deus ou em que orixá eu posso acreditar? Desde quando é juiz que escolhe a minha fé?

D. Paula disse que eu não preciso me preocupar, que a lei está do nosso lado, mas não aguento ver Naiara com medo de ir para a escola, com vergonha de usar o turbante que ela adora. Ela só tem treze anos.

Oxalá esse processo acabe logo, pra gente poder viver em paz.

Deixa o inverno passar

– Não sei... posso pensar mais um pouco?

Assim respondeu Vânia quando perguntada se eram aquelas as cláusulas do divórcio.

Era óbvio que podia pensar. Aliás, podia pensar a vida toda. O pedido foi feito pelos dois, consensualmente. Ninguém os obrigara a ajuizar a ação.

O inusitado era a frequência com que precisavam pensar. O processo começara havia dez meses. Nesse ínterim, por três vezes os dois voltaram ao fórum. Por três vezes, suspenderam o processo porque tinham dúvidas sobre a separação.

Lembrava com nitidez do primeiro contato com Antônio e Vânia. Era visível a falta de vontade para encerrar o processo. A própria advogada, amiga do casal, se apressou em revelar que eles não estavam muito seguros. Sugeriu a suspensão por trinta dias.

Eles se entreolharam, aliviados. Fiquei surpresa com a reação da dupla. Acostumada a muitas separações consensuais, eu quase podia classificar as diversas formas de tristeza que transpareciam naquele momento crucial, todas manifestadas pela insegurança da decisão.

A mais comum era a tristeza resignada. Reconheciam o fim do amor, sabiam que não era possível continuar casados e, ainda assim, choravam o futuro abortado pela ação perversa do tempo.

Havia a tristeza generosa. A pessoa que ainda amava respeitava o fim do amor do outro e facilitava o rompimento da vida em comum. Não se comportava como vítima nem tentava obter ganhos com a perda.

Uma tristeza especialmente difícil de lidar era a pseudoaltruísta. Um dos dois fingia aceitar docemente a decisão do outro. Divulgava aos quatro ventos a sua capacidade de compreensão, mas no fundo tinha esperança do arrependimento eficaz, antes da sentença. Eram inevitáveis a frustração e o ressentimento.

Por fim, a tristeza racional. Talvez a mais perversa e dura de administrar. Quem era lúcido, ainda amava, mas tinha certeza de que não era capaz de amar pelos dois. Entendia que o casamento acabara. Tinha convicção de que não era seu desejo o fim da relação. Não se permitia, no entanto, qualquer movimento para alterar o rumo da decisão do parceiro. Falava com objetividade do esgotamento da união, numa tentativa desesperada de pavimentar o sentimento com o cimento da razão. O pragmatismo não tinha o condão de blindar ninguém da dor.

Vânia e Antônio não se enquadravam em nenhuma daquelas tristezas habituais. Nem sequer pareciam tristes.

As sucessivas interrupções das audiências, a pedido deles, deixavam nítidos o cenário e os problemas pontuais daquele casamento.

Dezessete anos juntos. Dois filhos. Muito trabalho. O tempo agindo na estrutura da paixão, minando os cuidados, enferrujando as pequenas delicadezas, aprofundando a impaciência.

Ele foi sacudido por um encontro casual. Lembrou-se de tudo o que vivera e do que sentia falta. Adolesceu – um verbo até então inexistente – com os telefonemas escondidos, as surpresas no meio da tarde.

Durante quase um ano, sua vida dupla não foi percebida por Vânia, o que, para ele, era um sinal de descaso.

A nova namorada queria mais. Queria o tempo todo. Não seria uma aventura sem direito a férias e a fins de semana. Não tinha filhos. Desejava ser mãe. Não revelava suas intenções para não assustar Antônio. Era sutil na abordagem, silenciosa nas ações. Determinada, um dia ligou para Vânia e contou tudo.

Uma avalanche sobre a aparente calmaria na qual viviam detonou uma crise jamais experimentada naquela relação. Mais de um ano se passou até que decidissem ajuizar o divórcio. Até aquela audiência, Antônio ainda não havia saído de casa.

Nas conversas preparatórias do fim, Antônio e Vânia perceberam que o que os unia era maior do que o que os separava. A memória compartilhada, a capacidade de rir a dois, as expectativas dos projetos construídos e ainda não realizados, tudo era motivo para adiar a formalização da separação.

Outras duas vezes eles voltaram ao tribunal, na tentativa de resolver a questão. Desistiram.

Parecia que viviam empatados, em um jogo pouco disputado. Não suavam a camisa, não dividiam as bolas. Mas a iminência do fim da partida, com as propositais prorrogações, parece ter criado um cenário ideal para a reação dos artilheiros. Cada vez que eles deixavam, na sala de audiências, fragmentos das suas histórias, eu me sentia uma torcedora empolgada com a virada da partida a que assistia.

Antônio, nesse longo ano, cansou da nova namorada e chegou a confidenciar:

– A coisa mais chata é ter que explicar uma piada, doutora. Dá muito trabalho construir o passado.

Eu entendia perfeitamente o que ele pretendia dizer. Passado o momento do encantamento, superada a fantasia do amor ideal, restam os prazeres banais, precários e cotidianos.

O que é a vida senão uma sucessão desses momentos?

Na quarta tentativa, em dez meses, já se estabelecera entre nós certa intimidade que permitia algum humor. Antes que eu perguntasse, Vânia se antecipou:

– Tem problema se a gente não resolver isso hoje, doutora?

– Problema nenhum, Vânia. Eu não tenho nenhuma pressa em separar ninguém. Principalmente se a decisão não estiver muito madura. O "não" do fim deve ser tão determinado quanto o "sim" do começo.

Certamente o clima gelado do início do inverno contribuiu para o novo adiamento. Na dúvida, era melhor não se separar no frio.

Suspendi pela última vez o processo. Se eles não voltassem em três meses, aquela história seguiria para o arquivo.

Recebi os autos no meio da primavera. Ri, lembrando-me dos dois. Parece que eles continuaram juntos. Lembrei-me que Vânia disse, em um desses encontros, sobre começar um novo relacionamento:

– Ai, doutora... dá até preguiça quando imagino que tenho que explicar tudo de novo... e, depois de quase vinte anos, qualquer namorado novo vira marido, né?!

Era compreensível a preguiça. Principalmente no inverno. O momento era perfeito para tirar o mofo dos cobertores velhos, mas que ainda aqueciam bem.

A *vida é ruim,* mas é boa

ALCIONE ARAÚJO, escritor

Casamentos podem ser efêmeros, mas separações são eternas. Todavia, casais não se preparam para o desenlace. Aliás, nem para o casamento. Tantos não dão certo! Talvez a preparação seja inútil. Diz-se que o casamento é cogitação que, hoje, só surge depois que o amor se entranhou. Nos dois cônjuges. Num pelo outro. Mas o senso comum diz que não se prepara, e nunca se está preparado, para o amor. Ele surge espontaneamente. Às vezes, atropela o bom senso e a lógica, e surpreende todos, inclusive os amigos, que não intuíam aquela química entre eles. É a famosa química, ciência oculta e experimental, que se pode aprender, mas não se sabe ensinar. A química inescrutável cria a energia e o frescor do bom relacionamento.

Desejado e festejado, o bom relacionamento é essencial, dizem casais experientes. Para alguns, é mais importante que o próprio amor. Para esses, havendo um bom relacionamento, pode-se viver com alguém que não se ama. O que é impossível quando o convívio é ruim, mesmo amando muito. No casamento é que se descobre que o paraíso pode ser vizinho do inferno. Enfim, não nos preparamos para o amor, nem para o casamento ou a separação.

Mas não é de se estranhar. Tampouco estávamos preparados para a vida ao nascer. A prova é o vagido inaugural do bebê, assustado de ter de iniciar a vida num mundo desconhecido, após o terno aconchego de um útero suave, quente e aquoso. Daí em diante, tudo é surpreendente, inesperado e imprevisível. Inútil tentar se preparar. Instituiu-se que amar se aprende amando. Correndo-se o risco de dar certo ou não. O que o poeta já advertia: "A paixão é uma flor que se colhe à beira do abismo."

Dois enamorados informam ao Estado que querem coabitar ao abrigo da lei e passam a ser identificados como cônjuges. Se adiante o casal não alcança o relacionamento desejado, ou o amor acaba, instala-se a crise. Incapaz de resolvê-la com equidade, cogita a separação. E, súbito, entram em cena pessoas estranhas ao casal, e não preparadas para lidar com dificuldades afetivas: os advogados e o juiz. Com poder outorgado pelo Estado, os estranhos assumem a responsabilidade de decidir sobre o que deve ser feito para proteger eventuais filhos e assegurar que seja cumprida uma lei que o casal, em geral, desconhece. E o Estado, ao atender a solicitação, invade a intimidade do casal. A judicialização dos afetos é um vício de mão dupla.

Este livro trata do momento em que o casal, ou um dos cônjuges, busca o apoio do Estado, na pessoa do juiz da Vara de Família, para se separar segundo as exigências da lei. O clima é de um sonho que virou pesadelo. As circunstâncias emocionais que envolvem o desenlace amoroso deixam o casal abalado, decepcionado, tenso e vulnerável. Com as fragilidades à flor da pele, encara o juiz, o estranho cuja personalidade, formação e sensibilidade orientam suas percepções e atitudes. O humanismo e a consciência social legitimam a sua liberdade para interpretar a lei. Como fiscal da execução da lei, o juiz pode ater-se aos atos de ofício: conduzir, com racionalidade, a anulação do contrato conjugal, nos termos legais, mantendo-se olimpicamente distante das emoções e limitações humanas, alheio aos condicionantes educacionais, culturais, sociais e econômicos do país. Mas não é o que faz a autora e juíza Andréa Pachá.

A vida não é justa é uma seleção de separações judiciais, narradas pela autora, que é também a juíza incumbida de legalizar a separação dos casais. Ao dar forma literária ao que é o seu trabalho diário, Andréa Pachá revela-se uma profunda conhecedora da legislação, que não se resigna à sua mera aplicação. Metabolizou as frias letras da lei, que parecem circular nas suas veias com o pulsar da vida e das emoções. Em vez de operadora da lei, um ser humano atento, sensível e informado, que ausculta a percepção, a intenção e o desejo do casal, tentando entender o que pensam da vida e buscando aquilatar suas possibilidades e limites de viver o fim e superar sequelas. Não oculta dúvidas, discordâncias e inseguranças sem, contudo, perder a lucidez ou se afastar dos deveres e limites da sua função. Mas o peso da toga não pode dobrar a sensibilidade da pessoa.

As crônicas da autora interessam a todo tipo de leitor. Ao que se comove com histórias de amor – tema imbatível na preferência humana desde a pré-história –, mesmo sem o happy end, embora o fim de um amor enseje o início de outro. Ao que esfrega as mãos de curiosidade pelo que ocorre do outro lado dos sombrios portais do Judiciário: da intimidade conjugal aos motivos da separação, com infidelidades, ciúmes, raivas e brigas; da divisão dos bens à pensão alimentícia; da proteção dos filhos aos deveres dos pais. Ao que quer evitar atitudes e comportamentos que levem a um fim idêntico. Ao que gosta das intensas emoções dos desenlaces. Ao que quer detalhes da última audiência: tensão, raiva, ciúme, paixão e ressentimento. E também a quem, com alívio e alegria, pode, enfim, livrar-se do inferno cotidiano.

Embora escrito com leveza, às vezes com sutil ironia, mas sempre com compaixão, é possível que algum leitor sinta densidade na leitura pela sucessão de rompimentos. Mas vale lembrar que todos esses fins tiveram inícios felizes. Paixões e amores, correspondidos ou não, são o que de melhor e pior pode acontecer na nossa vida. Eis a verdade metafísica da qual não podemos escapar: *a vida é ruim, mas é boa.*

Agradecimentos

Aos meus irmãos, Miguel, Patrícia e Bel, e aos meus sobrinhos, Chico e Pedro, pelo amor que garante nossa sobrevivência e nossa alegria.

Ao Geraldo, pela sorte de um amor livre que compreende, respeita e deseja.

A minhas amigas e meus amigos que, mesmo em tempos tão difíceis e instáveis, não perderam a capacidade de pensar, amar e cuidar, com um registro definitivo a Bianca Ramoneda, Regina Zappa, Renata Salgado, Clarisse Sette Troisgros, Luiz Alberto e Vivian Py, e Viviane Falcão, que, de um jeito único, encontraram formas de driblar a distância e o confinamento e abraçar apertado, mesmo de longe.

Ao Zuenir Ventura e à Dorrit Harazim, representando todas as companheiras e companheiros do grupo Literatura e Liberdade, uma invenção indispensável do Afonso Borges, pelo ninho cotidiano de sanidade, humor e afeto.

Às leitoras e aos leitores que não se submeteram à intolerância, ao arbítrio e ao ódio.

Aos que partiram estupidamente, vítimas do vírus e da irresponsabilidade, em especial ao Paulo Gustavo e ao Silvio Viola, amigos queridos, que enchiam a casa, a alma e o coração, pelo privilégio da convivência, ainda que breve.

1ª edição	DEZEMBRO DE 2022
reimpressão	FEVEREIRO DE 2023
impressão	CROMOSETE
papel de miolo	PÓLEN SOFT 80 G/M²
papel de capa	CARTÃO SUPREMO 250 G/M²
tipografias	ACTA & PITCH